Otto Jägersberg

Pianobar

PROSA

Diogenes

Das Zitat auf S. 105 stammt aus:
Norbert Jacques, *Dr. Mabuse, der Spieler*
rororo-Taschenbuch Nr. 66, S. 102
Rowohlt Verlag, Hamburg, 1952

Covermotiv: Gemälde von Max Beckmann,
›Nächtlicher Park. Baden-Baden‹, 1935, 1941 (Ausschnitt)
Öl auf Leinwand 55,5 × 94,5 cm

Der Diogenes Verlag wird vom Bundesamt für Kultur
für die Jahre 2021–2024 unterstützt

www.diogenes.ch
20/21/852/1
ISBN 978 3 257 07167 2

I

Besuch bei alten Bekannten. Sie haben sich wieder einmal verändert, obwohl sie dieselben sind. Früher gefielen sie mir besser. Wahrscheinlich habe nur ich mich verändert.

Wie anders ich auch auf die alten Bilder blicke. Ich blicke mit den früheren Blicken auf das einstmals unbekannte Bild, dann auf das bekannte, und jetzt mit neuem Blick auf mich, der die alten Bilder betrachtet. Wie man beim Wiederlesen der *Wahlverwandtschaften*, von *Krieg und Frieden*, von *Rechnung ohne den Wirt*, vom *Lenz*, vom *Schatzkästlein*, von Mörike sich selbst mitliest, wie man war, als man das las, früher und zum ersten Mal.

2

Das Umschwärmen der Frauen
Ist nicht jedermanns Sache
Allein der Zeitaufwand
Saubere Fingernägel zum Beispiel
Dann die Begleitungen
Am Kanal lang ist ja sehr schön
Aber die Konzertsäle alle
Die Familienfeiern
Frauen sind anders
Das hat Mann hinzunehmen
Oder er lässt sie bleiben

3

Wer hatte damals schon einen. Einen Fußball aus Leder, handgenäht, groß und schwer. Vor dem Spielen ordentlich eingefettet. Mit Froschfett. Zumindest war ein Frosch auf der Blechbüchse. Ich hatte einen, war *der* schön, so zwischen gelb und hellbraun. Drinnen eine Blase. Die war rot, wie eine Wärmflasche, aber glatt. Und manchmal kaputt. Meist wegen des Stacheldrahts. Wir spielten ja immer auf der Wiese, eingezäunt mit Stacheldraht. Das Flicken der Blase war eine Prozedur, schlimmer als Fahrradflicken. Allein das Rausziehen der Blase durch das Ventilloch! Flicken draufkleben war einfach, aber die Blase wieder reinkriegen. Fußballklau häufig, Fußballwegnehmen vom Bauern häufiger. Auch Nachbarn konnten fies werden, wenn man auf ihrem Grundstück spielte. Eigentlich durfte man nirgendwo spielen. Auch nicht im Wald. Da machte es besonders Spaß, weil die Bäume mitspielen konnten.

4

Es gibt einen Gott oder keinen. Man kann das gut finden oder auch nicht. Aber ein Zweifel daran ist ausgeschlossen.

5

Zuletzt war ich polizeiauffällig geworden, als ich im Festspielhaus Baden-Baden bei den St. Petersburger Symphonikern, noch vor dem Dirigenten, in weißem Anzug mit weißem Hut und weißer Gitarre in einem weißen Luxusschlitten auf die Bühne gefahren war und auf dem Dach des Autos stehend vor zweitausend aus Sanatorien und Altersheimen herangekarrten Kennern *Ramona, zum Abschied sag ich dir Goodbye* gesungen hatte.

Dem Gericht lagen naturgemäß noch die alten Akten vor, in denen ich mich der Aneignung falscher Titel angeblich schuldig gemacht haben sollte, zum Beispiel hatte ich mich wiederholt als Nobelpreisträger ausgegeben – Nobelpreis für Gehen, Nobelpreis für Fahrradflicken etc. Damit sollte nun ein für alle Mal Schluss sein, befand die Richterin und ordnete das Verkleinerungsprogramm für Größenwahnsinnige an. Ich wurde in einem Verkleinerungslabor auf Fingernagelgröße geschrumpft und in das Sichtfenster eines Schwimmstifts der Kugelschreibermanufaktur Verstamp OHG implantiert, samt meiner Western-Ausstattung, der Gitarre und meines Luxusschlittens, den man nun mit Recht als Kleinwagen bezeichnen kann. Das Ganze wurde mit Meerwasser geflutet. Wenn ich heute benutzt werde, das heißt, wenn mich ein Kugelschreibernutzer handhabt, kann er, falls er gute Ohren hat, nicht nur mich *Ramona, zum Abschied sag ich dir Goodbye* singen, sondern auch das Rauschen des Meeres hören.

6

Sperrmüll. In den Halbhöhenlagen nichts auf der Straße, hier schmiss keiner was weg. Im Tal bei den einfachen Leuten waren die Bürgersteige voll mit Kram, der ihnen die Wohnungen verstopfte, Stühle, Matratzen, Sofas, Elektrogeräte … Die einfachen Leute hielten die Wirtschaft in Schwung, öfter mal was Neues, in den Villen blieb alles, wie es war, die Bewohner hatten nichts, was das Wegschmeißen nötig gemacht hätte.

Auch keine Bilder. Auf den Bürgersteigen unten ganze Fotowände, Filmstars, Landschaften, Städtebilder und Ölbilder mit Naturmotiven. Auch die Natur hatte sich ja verändert, warum sollten sie die alten Ansichten an der Wand behalten?

Nicht einmal vor der Villa Burda ein Bild auf der Straße. Die Wohlhabenden behalten auch die Bilder, und wenn es zu viele werden, bauen sie sich ein Museum.

Die kleinen Leute sind da viel radikaler.

7

Immer gut, ein Tier in der Wohnung zu haben, mit dem man alles besprechen kann. Ein Wombat ist geeignet, ein Nilpferd auch. Sie nehmen ja nicht viel Platz weg, stinken auch nicht, weil wir sie uns einbilden. Absolutes Vertrauen. Meinem Nilpferd kann ich alles sagen, es tröstet mich in schweren Zeiten, es freut sich mit mir. Es ist die vollkommene Freundin – ein weibliches Nilpferd muss es schon sein. Aber ein männlicher Wombat. Wegen der Vermehrung. Es ging den Wombats ja sehr an den Kragen in letzter Zeit. Nilpferde gibt's auch nicht mehr an jeder Ecke. Aber bei mir sind sie sicher.

8

Würde der Allee. Den Leuten reicht das Spazieren nicht mehr. Sie brauchen einen Event. Eine Belustigung, eine Blütenorgie, ein Tamtam. Wer sich fortbewegt, ist meist ein bestockter Gehsportler oder Jogger, ein durch seine Spezialkleidung sich ausweisender Gesundheitsarbeiter. Spazieren, Schlendern, Flanieren, einfaches Gehen ohne Ziel scheint anrüchig geworden zu sein. Gehen ohne Sinn und Zweck muss durch Aktion therapiert werden.

Ich habe noch Prototypen einer altmodischen Alleenutzung gekannt, die allein aus Wandeln, Stehenbleiben und Bewundern, Verweilen und Sinnen, Sich-Präsentieren und Offenbaren besteht. Die Dame, die in den sechziger bis achtziger Jahren bei den Kindern als Tante Winke-Winke bekannt war, den sogenannten Bankverleger, jenen manchmal sogar kurzbehosten Laufmaniak und Lyriker aus Lichtenthal, der seine im Selbstverlag erschienenen Gedicht-Broschüren gerne auf Bänken in der Lichtenthaler Allee hinterließ, und Herrn Pütz, den ehemaligen Oberkellner aus dem Brenners, der täglich gut gekleidet die Lichtenthaler Allee bewanderte. Übrigens ein bedeutender Büchersammler, Spezialgebiet Kochbücher, er hat seine Sammlung der Universitätsbibliothek Dresden vermacht.

9

Alles ist Wetter. Es gibt keine Naturkatastrophen.
Alles, was vorkommt, gehört dazu.
Das Meer steigt. Also los, baut Deiche.
Die Erde bebt. Raus aus den Häusern.
Es regnet. Spannt Schirme auf.
Es regnet nicht. Bewässert.

10

Ne Ecke Richter. G. hat mal mit Richter ausgestellt. Ein Bildertausch wurde verabredet, Richter bekam ein Bild von G., und G. – weil schon alles abgeräumt war – nur die beim Transport abgebrochene Ecke eines Bildes von Richter. Diese Ecke wandert heute als ganz besonderes Kunstwerk von Ausstellung zu Ausstellung. Der Versicherungswert der Ecke ist weitaus höher als jemals für ein Bild von G. Die Witwe G., heute die Besitzerin der Richter-Ecke, ist eigentlich immer damit beschäftigt, das Ding für Ausstellungen zu expedieren oder wieder zu empfangen. Wie soll das weitergehen?

Irgendwann, denkt sie sich, bin ich ja dran, Kinder hab ich nicht, die Kinder von G. aus früheren Ehen haben es nicht verdient. Der Kölner Dom, die Museen, der Kunsthandel auch nicht.

Wie ein Schatten fällt die Ecke von Richters Bild auf ihr Leben. Aber das ist es doch nicht wert, sagt sie sich. Was tun?

Otto geben. Wie mit andern Resten macht er, wie man im Rheinland sagen würde, Quatsch draus. Warum auch nicht. Das ist ja genau das, was sie von der Sache hält. Totaler Quatsch.

11

Früher erkannte man Großschriftsteller an ihren Pfeifen. Markante Dinger, großpreisig. Dazu rauchten sie Tabak, der gut roch (Navy Cut). Mit Vorliebe verkehrten sie in Grand Hotels, in deren Pianobars sie stundenlang saßen, dem geschmackvollen Pianospiel lauschten und rauchten. Wahrscheinlich fiel ihnen dazu was ein. Ja, damals gab es noch Großschriftsteller mit schönen Pfeifen, die sie professionell im Mund trugen, das gehörte sich so.

12

Heide und Ludger sind in Kanada weit oben, beinah schon Alaska. Mit einem Shuttle weit im Bärengebiet. Der Fahrer setzt sie am Endpunkt ab, in zwei Stunden kommt er sie holen. Jetzt gehen sie los. Überall Schilder die vor Bären warnen. Besser, man schmeiße sich hin und stelle sich tot, wenn der Grizzly komme, erzählt ein Schild, ein anderes, wenn es aber der Schwarzbär sei, helfe auch das nicht, der fresse alles. Da war ein kleiner Hügel inmitten so einer Art Heidekraut. Von da konnten sie die Gegend einigermaßen übersehen. Kein Bär.

Dann wurde ihnen mulmig. Je schneller sie zurück auf den Weg kamen, umso sicherer wären sie, dass sie den Shuttle nicht verfehlen. Da war zwar eine Ansammlung von Büschen und kleinen Bäumen zwischen ihnen und der Straße. Als sie zum Hügel gegangen waren, hatten sie das Wäldchen umgangen, es war ja Zeit genug, zwei Stunden. Jetzt konnte die Zeit schon um sein, und sie mussten eilen. Trockenes Holz knackte. War es von ihren Schritten? Verbargen sich Bären nicht im Wald? War das nicht ihr natürlicher Aufenthaltsraum? Plötzlich sang Ludger das Badnerlied. Wie in heroischen Augenblicken im Heidegger-Block, im Dreisam-Stadion in Freiburg, wenn sich ein Tor ereignete. Heide sang sofort mit. Hier war Bearsland, aber das

Badnerlied würde die Bären, wenn schon nicht vertreiben, dann bannen. Ludger kannte nicht den ganzen Text, im Fußballstadion spielte das keine Rolle, das Gefühl bestimmte die Musik. Außerdem war er kein Badener. Obwohl sie nie mit zu den Spielen kam, hoffte er auf Heide. Die hatte doch einen ganz anderen Sinn für Musik. Also los, Mädchen, er könnte sich anlehnen und kernig hinterhersingen. Doch brachte sie keinen Ton mehr raus. Es waren noch Hunderte von Metern bis zur Straße. Und es knackte ringsum, und es war unheimlich. Und sie konnten den Text nicht. Kamen aber mit dem Leben davon.

13

Alles ist so gewesen
Nichts war genau so

14

Obwohl nur auf Durchreise hat Bernd schnell die normalste Kneipe Baden-Badens entdeckt. *Gockelstuben,* Kreuzstraße. Ulmer Bier im Steinkrug. Wir trinken Topf um Topf. Er raucht dazu zwei Havannas, richtige Hämmer. Um uns herum Biertrinker bei der Arbeit, Glas um Glas. Die Kneipe, früher *Bürgerstübl,* völlig verholzt, holzverschönt, als wär's eine Blockhütte für Gamsjäger. Der Gockelwirt braun wie vom Grill, silberhaarig, Goldketten um Hals und Arm, bester Laune, immer die Hand am Zapfhahn, auch für sich.

Vor vierzig Jahren saß ich mal mit Olga hier. Am langen Stammtisch unter denen, die immer hier sitzen, ein Mann, der uns bekannt vorkam, mit einem etwa Zwölfjährigen. Der Mann war Oskar Werner. Ich ging zu ihm, erklärte ihm meine Begeisterung für *Jules und Jim* und *Fahrenheit* und lud zu Getränken seiner Wahl ein. Er raunzte mich an, was mir an diesen blöden Filmen denn gefallen hätte. Saßen dann bei ihm und seinem amerikanischen Sohn, mit dem er den Schwarzwald durchwandern wollte, Westweg, gleich morgen früh. Wir saßen noch zwei, drei Stunden und tranken. Ich merkte erst spät, dass er bis oben voll war. Es kamen noch so viele Getränke, dass mein Geld nicht reichte. Musste anschreiben lassen.

15

Ich bin gesund, sage ich.
Der Arzt: Woher wollen Sie das wissen?
Sagt mir die Angst.
Vor der Wahrheit?
Vor Ihnen.

16

Der neue Staubsauger sei zum Absaugen von Menschen und Tieren nicht geeignet. Auch empfehle es sich, den gefüllten Staubbeutel nicht auszuwechseln, sondern sicherheitshalber gleich mit dem Gerät zu entsorgen.

17

Wladimir war Mitglied der Gruppe ›Kunst oder Tod‹. Sein Material waren Verpackungsreste. Er riss sie auseinander und fügte sie anders zusammen. Er schaute nicht auf dabei. Stundenlang collagierte er mit Wellpappe, mal die glatte, mal die geriffelte Seite in Front. Er vergaß alles um sich herum, er dachte nur in Pappe. Manchmal trank er einen Schluck Wasser, weil die Pappe so staubte und der Leim so stank. Das Motiv war immer ein Tempel, ein griechischer oder römischer. Die Säulen klebte er aus den Papprollen, um die das Toilettenpapier gewickelt ist. Neben ihm stand, während er arbeitete, die Frau mit dem Kind auf dem Arm. Wenn das Kind schrie, ging die Frau in die Ecke des Zimmers, hörte das Kind auf zu schreien, stellte sie sich wieder neben Wladimir.

Einen halben Tag brauchte er für solch einen Tempel, manchmal auch einen ganzen. Auf und an den Giebel klebte er Styroporstücke, wie sie herauskamen, wenn er auf ein großes Verpackungsstück aus Styropor getreten hatte. Sie waren strahlend weiß, wie Marmor. Man dachte dabei an Fragmente antiker Statuen. Wenn er fertig war, zeigte er es gern. Egal, wem. Wenn einer den Papptempel mit den weißen Styroporstücken schön fand, oder interessant, oder sonstwie ein Wort der Anerkennung fiel, sagte Wladimir:

Kannste haben. Aber die Frau sagte: Fünftausend. So kamen sie durchs Leben.

18

Tomtom führt, und die Fahrerin folgt. In hundert Metern fahren Sie rechts und halten sich links. Da oben sitzt einer, der alles weiß.

Alles Gute kommt von oben. Nicht mehr breiter und schmaler Weg, Autobahn oder Feldweg in den Himmel, sondern wie's kommt, links rum, rechts rum … So gelangt man zu den überflüssigsten Zielen.

Ein Lokal, in dem Fische schwimmen. Zur Vorspeise zieht Friedrich mit einer Art Angel aus kleinen Muschel- und Schneckengehäusen glitschig gummihafte Wesen, die er in sich stopft. Super, sagt er, und zu Austern trinkt man Muscadet. Der kommt, und die Austern auch bald. Die sind so frisch wie Meer, sagt Horst. Das schmeckt man, sagt Erika, die heute achtzig wird, aber das nicht will, auch nicht, dass das bekannt wird, obwohl sie eingeladen hat. Weil die anderen Auto fahren müssen, hat Horst, der bekennende Beifahrer, die Flasche bald für sich und leer. Eine neue kommt und der Hauptgang, Fisch. Am Nachbartisch wird ein Gebirge roter Knochen aufgetragen, Hummer für zwei. Kleine zarte Frau und breiter Mann mit bedrucktem T-Shirt. Motiv: Hinterseite des Mondes, jeder Krater erkennbar. Dann Gute Nacht und Auf bald. Tomtom wieder, der Allgeist von oben, bleiben Sie links, nach 450 Metern biegen Sie links ab und halten sich rechts. Schwups ist man auf der Autobahn, unter den Brücken ist der Rhein.

19

Schlüpfer bedroht. Auf Platz 10 der schönsten vom Vergessen bedrohten Wörter. Ganz vorne: Kleinod. Blümerant. Dreikäsehoch. Labsal. Bauchpinseln. Augenstern. Fernmündlich. Lichtspielhaus. Hold. Holder. Augenstern. Kleinod. Schlüpfer. Was hatte er Mühe mit diesem Wort, das bei Gebrauch diese aufrichtende Wirkung zeigte.

Der Slip hatte nicht diese Wirkung. Da war ein Messer im Spiel, das schlitzte. Ausgerechnet.

Höschen wollte er in der Pubertät auch nicht sagen, das war zu nah am Kindsein. Ab sechzig allerdings wieder gerne, nachgerade ausschließlich.

20

Friedhof Baden-Baden. Gräber, die ich jetzt besuche. Louis-Ferdinand, Horst, Dieter … im Vorübergehn grüße ich Flake, Schneider, Groddeck und jenen Griechen, auf dessen Grabstein steht: »Hier ruht in Fäulnis«.

21

Barbara trug ein Bild in der Tüte und packte es auf dem Boden aus, wobei sie ihre Brüste zeigte – es waren zwei –, ein Franz Werner in schönem Rahmen, einige balkenartige Schrägen über gemischten Farben. Sie sei glücklich über den Kauf, und jeden Abend gehe sie vor dem Schlafengehen an ihren Bildern vorbei und sage ihnen Gute Nacht.

22

Weil die Bäuerin im Sterben liegt, wird sie vom Bett gehoben und in einen Stuhl ans Fenster gesetzt. Von da hat man den Blick auf den Hof, die Ställe, die Zäune, die Hecken, die Wiese, die Felder. Der Sohn musste das Zimmer verlassen. Die vier Töchter singen die Lieder, die sie von ihrer Mutter gelernt haben, Kirchenlieder, Volkslieder. Der Sohn geht in den Ställen herum. Nach zwei Stunden geht er wieder zum Haus. Seine Schwestern singen immer noch, aber jetzt Karnevalslieder und Schlager, Das machen nur die Beine von Dolores und Wenn bei Capri die Sonne im Meer versinkt. Dann stirbt die Mutter.

23

Der Sultan von Oman hat ein großräumiges Flugzeug bestellt, an dessen Innenausbau ausgesuchte Designer arbeiten. Es geht dem Sultan um Bewegungsfreiheit. Den größten Teil des mehrstöckigen Flugzeugs nimmt eine mit Sand belegte Wüstenlandschaft ein. An die Decke des hallenartigen Raumes sind Sternbilder projiziert, wie sie über dem Himmel von Oman erstrahlen.

Wenn sein Flugzeug in Frankfurt, London oder New York gelandet ist, lässt er es auf einem angemieteten Platz parken. Das Flugzeug ist so ausgestattet, dass ein Leben, wie es der Sultan in Oman zu führen gewohnt ist, auf jedem Flugplatz ohne große Abstriche weitergeführt werden kann. Bäder, Küchen, Schlafräume – alles für den Sultan und seine Freunde bequemlichst vorhanden.

Was auf den ersten Blick als orientalischer Luxus erscheinen kann, ist – aus der Sicht des Sultans – eine Sparmaßnahme.

24

Diese Nichtnotwendigkeit, für Geld arbeiten zu müssen. Diese regelmäßigen Zuflüsse einer Rente. Meiner neuen Lebensform haftet etwas Heiliges an. Schon immer erschienen mir geldunabhängige Leute als Heilige.

Allerdings fallen Ausreden weg. Man muss nichts Blödes mehr tun, allein für Geld. Aber was tut man jetzt?

25

Pfeffermühle. Nur für Kenner. Gewisse Leute pflegen beim Empfang des Essens im Restaurant dem Kellner aufzutragen: »Und die Pfeffermühle, bitte.« Zwar vom Lande, aber Kenner. In den fünfziger Jahren wurde ein rechter Frauenheld der Größe und Streukraft seines Gliedes wegen Pfeffermühle genannt. Viele, die sich dieses Ausdrucks bedienten, hatten in ihrem Leben noch nie eine Pfeffermühle benutzt, geschweige denn besessen. In den achtziger Jahren tauchte die Pfeffermühle allmählich auch in den Haushalten auf, nicht in allen. Die letzten hat jetzt Aldi erfasst. Ich kaufte gerade bei Aldi »Pfefferkörner schwarz ganz. Für die anspruchsvolle Küche« in einem Gläschen und bekam es nicht auf, bis ich begriff, dass anstelle des Verschlusses ein gezahntes Kunststoffrad eingearbeitet und als Mühle zu gebrauchen ist. Man dreht dran, und gemahlener Pfeffer kommt raus. Wenn man das Glas nach unten hält. Kein Mensch wird auf die Idee kommen, so ein Mühlengläschen in Verbindung mit einem außerordentlich gut bestückten Hirsch von Mann zu bringen. Der Exklusivität der Pfeffermühle hat Aldi einen empfindlichen Schlag versetzt. Sein neues Produkt ist in Bielefeld hergestellt, es heißt »Pfeffer schwarz ganz. Einweggewürzmühle«. Ist der Pfeffer raus, schmeißt man die Mühle weg.

26

Schriftsteller, mit Geschichten geizend. Wo er auch ging, und er ging viel, erfand er Geschichten, angeregt von den Gegenden, in denen er herumging, von einer landschaftlichen Eigenart, einem ihm begegnenden Menschen oder einem Vogel. Ein Stein mochte auch reichen. Er schrieb diese Beobachtungen auf, in Andeutungen und Abweichungen, so verzwickt und verworren, dass niemand sie verstehen konnte. Noch wichtiger, niemand sollte den Ursprung oder den Anlass für eine Geschichte erkennen können. Das gönnte er keinem. Zum Schluss sich selbst nicht mehr.

27

Ein Literaturkritiker bekam über Jahrzehnte von den Verlagen schöngeistige Bücher zugeschickt. Der Kritiker packte die Bücher aus, blätterte sie durch, und manchmal besprach er eins. Am Anfang seiner Tätigkeit war das Auspacken der Bücher leicht – sie waren einfach in Papier eingeschlagen –, später, als die Verlage dazu übergingen, die Bücher in Folien einzuschweißen, war ihm das Entfernen der Folie lästig. Es war ein vertracktes Stochern mit dem Messer an den Ecken des Buches, um ein Loch in die Folie zu bekommen, manchmal ging's schnell, manchmal weniger, manchmal schief und er hatte sich gestochen. Als er feststellen musste, dass er für das Auspacken der Bücher und das Entfernen der Folie mehr Zeit benötigte als für das Durchblättern, gab er den Beruf auf.

28

Sie ging mindestens so edel wie ihr Hund. Als der sich anschickte zu scheißen, schaute sie interessiert einem Gleitschirmflieger über dem Merkur, dem Baden-Badener Hausberg, zu, der Heiligenscheine um den Gipfel flog. Nun trat ich fester in den Kies. Vom Knirschen aufgeschreckt und mich, den strengen Spaziergänger mit dem Krückstock erblickend, stülpte sie sich einen schwarzen Beutel über die Hand, ganz zivilisationserdig. Und als ich an ihr vorbeizog, hörte ich sie sagen: Thisbe, das haben Sie fein gemacht, aber das nächste Mal bitte nicht noch mal in den Anlagen.

29

Er hatte eine schöne Stimme. So tief, so tief. Die Kundinnen versanken darin. Und wie er sich in den Größen auskannte. Der wird Ihnen bestimmt noch besser stehn – und besser sitzen, sagte er und hielt der Kundin den Büstenhalter vor. 95 B hab ich recht?, fragte er mit seiner Stimme, brusttief Vertrauen, Nähe, Besorgnis, Betreuung, Verständnis erzeugend, dass sie sich gern hingab, wenn er sie zu den Kabinen führte. Sie sollten ihn anprobieren, probieren kost ja nix. Wenn Sie meinen, sagte noch zögernd die Dame, folgte ihm in die Kabine, er ging immer voraus. Wenn er von innen den Vorhang zuzog – aufregender Moment. Was fällt Ihnen ein, könnte die Kundin jetzt sagen und vielleicht auch – weil er hinter ihr stehend schon den Pullover hochrollte – eine Ohrfeige setzen. Aber – diese Stimme. Er half ihr aus den Ärmeln, hakte den Büstenhalter auf und legte ihr den neuen an. Dann dreht er die Kundin sanft um, besah fachmännisch ihre Vorderfront und moderierte mit seiner fantastischen Stimme größtmögliche Bewunderung.

Die Kollegen ertrugen seine Erfolge kaum. Aber was sollten sie machen. Er machte keine Fehler, er kannte sich in allen Größen aus.

30

In Berlin demonstrieren viele gegen Maßnahmen zur Corona-Bekämpfung, also gegen Mundschutz und Abstandsregelung. Die Polizei verbietet die Demonstration, weil die Teilnehmer keinen Mundschutz tragen und die Abstandsregel nicht einhalten.

31

Morgens aufstehen mit dem Wissen des abendlichen Auftritts. Den ganzen Tag darauf hinleben. Diszipliniert. Schauspielerin sein. Nicht am Leben teilnehmen. Nur, um am Abend vor einer Gruppe Gelangweilter und Deppen einen Text aufzusagen, der meist banal ist – wie jetzt bei den *Gespenstern*.

Einmal sei sie ausgebrochen und ein halbes Jahr durch China gewandert, allein mit ihrem Rucksack, ohne ein Wort Chinesisch zu können.

32

Im hebelschen Ton. Komme in den Weinbergen einen steilen Weg hochgestrampelt, gewiss kein sportlicher Anblick. Steht da ein Alter mit der Rebschere in der Hand und bemerkt trocken: »Wenn mes mache müsst, tät mes ned mache.«

33

Olga und ihre Angstausrottung durch Sprungbrett-Therapie. Der Patient springt zweimal vom Dreimeterbrett, einmal vom Fünfer. Immer Todesangst. Zittern und Zagen. Jetzt zehn Meter. Unten auf dem Rasen liegt Olga und schaut zu ihm auf. Mann in Badehose mit schlotterndem Glied. Olga im Glanz ihres geölten Fleisches …

34

Sonntagnachmittag im Industrieviertel von Freiburg, in der Nähe der Autobahn, zwischen Baumarkt und Etap-Hotel. Es war angenehm dort. Still und friedlich, völlig autofrei. Wir fanden sogar ein Bänkchen vor einem Riesenschuppen für Möbel, davor ein kleiner Springbrunnen, so ein Zimmerspringbrunnen. Wir saßen da auf dem Bänkchen, mitten in dieser allerscheußlichsten Gegend und hörten die Tropfen des mickrigen Fontänchens in das Brunnenschälchen zurückfallen.

35

Motorradfahrer. Oft eine Horde, der Verwünschungen hinterherfegen. Wenn dann einer in der Kurve liegt, mit abgeschleudertem Helm, und das Blut aus seiner Kluft sickert, plötzlich obszön individualisiert, ein Mensch, der Mitleid und Schuldgefühl erregt. Aber zu Lebzeiten – dieser Lärm!

36

Es gibt Bäume, die sind wie Türme, andere wie Dome, manche lassen die Schultern hängen und ihre Zweige wachsen zu Boden, und mit den Blättern bilden sie eine schützende Halle, andere können nicht hoch genug hinaus. Jeder Baum hat ein kleines Schild mit seinem Namen. Das gibt es im Wald nicht. Dafür lässt man im Wald die Blätter liegen. Das tut man im Park nicht. Schon aus Versicherungsgründen. Die Badische Gemeindeversicherung will nicht für die Schenkelhalsbrüche aufkommen, die ein Ausgleiten auf glitschigem Laub verursachen könnte. Dann der ästhetische Aspekt. Laub erinnert an Vergängnis, Alter, welke Haut. Schlecht für Baden-Baden. Passt nicht ins Werbebild. Also muss das Laub weg. Wochenlanger Lärmterror. Mit Benzinmotoren betriebene Laubpuster werden eingesetzt, es ist ein erbitterter Kampf. Der enttäuschte Spaziergänger rettet sich in die Pianobar. Da kann einem das ewige Geklimper auch ganz schön auf den Keks gehen, aber man kann was trinken. Das Bier da ist gut gekühlt und gekonnt eingeschenkt.

37

Der Faule denkt, wie schön es ist, so faul zu sein. Ich tu nichts Böses, tu nichts Gutes, tu nichts Schlechtes, tu nichts Blödes. Ich tu nichts Falsches, wenn ich denk. So denkt der Faule.

Der Fleißige denkt, fleißig sein, Böses tun, Gutes tun, Schlechtes tun, Blödes tun, nur nicht faul sein. So denkt der Fleißige, aber selten, er muss tun.

38

Gingen über die Dreisam zum Münster. Eine Frau warf sich dort auf die Knie, dann lang auf den Boden und schien ihn zu küssen. Inbrunst. Arno Schmidt hätte gefragt: Pflegedienst? Wir saßen brav in der Bank und ließen nichts Katholisches an uns ran. Der Aufpasser heute war ein korpulenter Junger mit gestickter Parole auf dem T-Shirt (»Nö wieso«).

39

Schneegestöber. Was für ein schönes Wort. Heute reden sie vom Flockdown. Wir gingen aber im Schneegestöber geradeaus, dann links in den Wald, dann im Bogen zu den Wiesen, wo die Kinder auf Plastikschalen die Böschung hinunterrutschten, kreischend, im Schreigestöber.

40

Mein Komponist aus Luxemburg, um ihn war etwas Großluxemburgisches. Er hatte einige Orden aus diesem Land. Ich hätte gern gesehen, wenn er sie angelegt hätte. Das machte er aber nur am Familientisch zur Unterhaltung. Er kochte nach alten Familienrezepten, etwa eine Pâté, großartig. So etwas hatte ich noch nie gegessen. Er komponierte ernste, auch ganz witzige Sachen, so für Bratpfannen. Die durfte ich einmal bei der Uraufführung schlagen. Er zog sich die Striche für die Noten selbst. Den Kopf trug er stets hoch, beinah ein wenig nach hinten geneigt, so zeichnete sich seine markante Nase klar vor der Baden-Badener Umgebung ab. Er redete gern, das heißt, er hielt kleine Vorträge, über seine Musik, über Luxemburg, meist amüsant. Seine Frau stichelte gern, weil er so ernst war oder doch so schien. Sie sorgte so für eine innerfamiliäre Ironie, an der auch Hausgäste ihr Vergnügen fanden. Am liebsten lachte er.

41

Zu viele Bücher. Pini weiß nicht, wohin damit. Er trennt sich von den Weltkriegen, früher mal sein Lieblingsgebiet. Wenn die anderen schon Krieger waren, ist er doch Sammler ihrer in Büchern beschriebenen Taten. Er selbst war in Strub bei Berchtesgaden in den schönen Bergkämpferkasernen der Wehrmacht als Militärarzt der Bundeswehr, ich vermute, freiwillig, sein Vater war Hauptmann gewesen und traf auf kollegialer Ebene Hauptmann Jünger an der Westfront. Das Büchersammeln von Kriegserinnerungen ersetzte Pini den Kampf und war stets inneres Erlebnis gewesen. Aber die Stadtbücherei will keine Bücher für ihren Flohmarkt mehr annehmen. Sie wissen länger schon nicht, wohin damit. Nun schleicht er sich mit Aldi-Tüten voller Bücher vor die Kellertür der Stadtbibliothek, hinter der ich postiert bin, und wenn das Aufsichtspersonal abgelenkt ist, gebe ich ihm einen Wink, er springt ins Gewölbe, und schwupp, haut er seine Bücher ins Regal. Natürlich belohnt er sich für die gelungene verruchte Tat, schaut sich betont cool die angebotenen Bücher an, 3 Euro das Kilo, und geht nicht ohne 20–30 kg angekaufte nach Haus.

42

Das Gericht 97 beim Türken nannte sich *Sophia Loren,* zwei Döner mit Schinken und Ei. Im Osten von Stuttgart. Wir wollten da ins Theater. Froren bald, und weil genügend Zeit war, fuhren wir in die Stadt und gerieten ins Café am Schlossplatz. An der Bar tuckten ein Dutzend Jungs rum. Schwäbisch verrucht. An der Tafel stand Putenbrust an Ananas. Ein wunderhübscher Kellner mit kleinem Hintern und ganz langen Wimpern.

In der hellen Nacht bei trockener Straße ist selbst die Autobahn Stuttgart–Karlsruhe ohne Schrecken. Pforzheims Lichter wie Perlen neben die Autobahn geworfen.

43

Wenn im Hause Mann einer der Brüder einen runden Geburtstag hatte – nehmen wir mal Thomas seinen –, dann stand nach der Suppe Heinrich auf, zog einen Zettel raus und las: Lieber Thomas, zu Deinem 50. Geburtstag gratuliere ich Dir herzlich und wünsche Dir alles Gute für Dein Werk wie Deine Person.

Wenn Heinrich fertig war, stand Thomas auf, zog einen Zettel aus der Tasche und las: Lieber Heinrich, zu den von brüderlicher Nähe gekennzeichneten Wünschen zu meinem Werk und meiner Person aus Anlass meines 50. Geburtstages danke ich Dir herzlich.

44

Im Fernsehen die mit neuen Methoden exakt vermessene Gestalt der Erde. Sie ist mitnichten eine Kugel. Die Erde ist eine Kartoffel.

Wenn ich, der ich Kartoffeln liebe, sei es roh, gekocht, gestampft, gebraten, mir vorstelle, da schwebt also meine Lieblingsspeise durch den Weltraum, dreht sich noch dazu im Licht von Sonnen und Monden wie ein Hähnchen am Spieß, und irgendwo da draußen lauert das Höhere Wesen, wird mir angst und bange vor seinem göttlichen Appetit.

45

Er sammelt Teppichklopfer. Wurde als Kind von seiner Mutter mit einem Teppichklopfer regelmäßig versohlt. Das war normal. Seine Sammlung aber ist einmalig.

46

Um Mitternacht unterm Schlafzimmerfenster lärmende Jungrussen. Drei entblößten ihre Oberkörper, stellten sich in boxerhaften Siegerposen auf und wurden von den anderen geblitzt. Dann zogen sich die Fotografierer aus, die Posierer wieder an, und die fotografierten nun die posierenden ehemaligen Fotografierer. So ging das lautstark weiter, die Jungs sprechen ja nicht, sie bellen. Ich las *Das kunstseidene Mädchen* und die wunderbare Bemerkung über Gänse, die so kleine Augen haben und lange Hälse, mit denen sie die Leute nicht mögen.

47

Napoleon packt alles, was ihm durch den Kopf geht, in Schubladen. Nach Sachgebieten geordnet: Strategie, Versorgung, Angriff, Rückzug, Frauen … Da gibt es viel zu denken. Jetzt heißt es aber Einschlafen. Es muss schnell gehen. Mehr als drei Stunden Schlaf würde seinem Ruf schaden. Er sortiert rasch seine Gedanken in die betreffenden Schubladen und schiebt sie zu.

Der Frauennascher denkt nur an Frauen, die gewesenen, die kommenden. Wenn er schlafen will, bringt er sie wie in einem Mädchenpensionat in zwei Bettreihen unter. Jeder Gedanke in ein eigenes Bettchen. Dann geht er von Bett zu Bett, deckt die Frauchen zu und flüstert: Gute Nacht.

Der Fernseher schaut sich zur Nacht noch schnell eine Nachrichtensendung an, es sieht böse aus. Dann husch ins Bett und die Welt regiert, Frieden gemacht, Völker aufgerichtet. Unter dem Jubel der Massen schläft er ein.

Der Labyrinther spaziert durch seine Labyrinthe, die inneren und die äußeren. Die äußeren sind die des rotierenden Kapitals, aus ihnen tritt der Labyrinther verschlankt ins Freie, aber aus den inneren ist kein Entrinnen. Bis er in der

Kniekehle ein Sofa, im Darm einen Liegestuhl oder im Hirn eine Bettstatt findet. Da legt er sich dann nieder und hört noch ein wenig dem Rumoren des Blutstroms zu.

48

Eine Frau mit einem schwarzen Hut, der seine Spitze wie einen Blitz gen Himmel schleudert. Männer in Schlafanzügen mit Fanfaren. Es muss einen Fröhlichkeitsanlass geben.

49

Sorgen einer Tennislehrerin. Da gibt es eine Intellektuelle, die alles erklärt haben will. Wenn es heißt, beim Volley linkes Bein vor, dann frage sie: Warum? Ja, warum, verdammt warum, weil es zum Volley gehört, dass man das linke Bein vorstellt. Aber das genüge der nicht als Antwort. Das ist doch keine Erklärung, sagt sie dann und quatscht und quatscht das ganze Spiel durch. Und ihr Mann quatscht genauso. Nur fragt er nicht, warum, er mache alles brav, was die Tennislehrerin sage, er quatsche nur, wie toll sie sei, wie toll sie spiele, was für eine tolle Figur sie habe, und seine einzige Frage sei, wann er sie zum Essen einladen könne. Dann küsse er sie auch noch länger, als das üblich sei. Sie habe den Eindruck, ihm kommt es nur aufs Küssen an. Ihm würde es reichen, sie am Anfang der Tennisstunde zu küssen und bei der Verabschiedung. Auf das Spielen könnte er eigentlich verzichten. Der Sohn, zwölf Jahre, quatscht auch. Und quatscht und quatscht und ist intelligent zum Nichtaushalten.

50

Irene, Kind einer Sechzehnjährigen aus Ravensburg. Vater französischer Soldat. 75 Jahre her.

Ein Dorf bei Besançon. Irene will das jetzt mal sehen. Misstrauische dicke Frauen, als sie sich vorstellt. Dann wird sie von wilden Umarmungen fast erdrückt. Es sind ihre Halbschwestern.

51

In Baden-Baden überfahren sie einmal beinah eine Schildkröte, die einen Bindfaden mitschleift. Am Rande des Panzers ist ein Loch gestanzt für die Schnur. Sie nehmen die Schildkröte mit nach Hause und geben eine Anzeige auf. Nach Tagen meldet sich eine dialektsprechende Frau, sie sei Zofe bei Korfs, die Kinder hätten die Schildkröte entwischen lassen, was besonders ärgerlich sei, weil Herr Korf sie den Kindern geschenkt habe, um ihr Verantwortungsgefühl zu stärken.

52

Brollinger schrieb so Wäldlerromane, vom Holzfäller zum Millionär. *Wälderrauschen, Die Sägmühle am Himmelsbach, Der Entenwürger.* Jetzt war er der Leiter der Bücherei, alter Parteigenosse, da musste er vorsichtig sein. Aber dieser Schund musste raus. Das neue Deutschland brauchte Aufbaukräfte, Konstrukteure des neuen Geistes, Pioniere der Kraft. Nicht den *Entenwürger* von Brollinger. Nicht diese in den Bergen und Wäldern verschanzte Sentimentalität, dies triefende, gottergebene, dumpfe Hirschheimatliche.

Der Entenwürger, für Ortskundige und historisch Interessierte ein Schatzkästlein, so war das mal bei Erscheinen im Bibliotheksblatt angezeigt worden, empfohlen für kleine bis mittlere Büchereien in entsprechenden Städten. Georg hatte es in seiner Jugend einmal gelesen. Mit dem Entenwürger hatte Georg gelitten und gehofft, wenn nicht sogar gebetet. Ausführliche Schilderung eines sadistischen Lehrers in einer Dorfschule, wegen seines wackelnden Ganges die Ente genannt. Die Ente demütigt und prügelt den sanften Buchhelden Rainer Tag für Tag. Bis das Maß voll ist und Rainer zurückschlägt. Er packt den Lehrer am Hals und wirft ihn um. Dabei stößt der fallende Lehrer eine auf Stelzen stehende Tafel um. Eine Kante der Tafel verletzt des

Lehrers Halsschlagader. Unmengen Blut strömen auf den Klassenboden. Der Buchheld versteckt sich, wird als Mörder gesucht, es gelingt ihm, auf ein Schiff zu kommen. In Amerika schlägt er sich erst als armer Schlucker, dann als Dachdecker durch. Er gründet eine Firma, verdient so viel, dass er sich eine kleine Farm kaufen kann. Als er nach Wasser bohrt, erschließt sich eine Ölquelle. Als Millionär kommt er zurück in sein Heimatdorf und besucht auf dem Friedhof das Grab seiner Eltern. Da fällt ihm ein an die Schultafel erinnernder riesiger Grabstein auf. Als er sich vorbeugt, um die Inschrift zu lesen, fällt der Grabstein um und verletzt ihn tödlich.

Der Entenwürger. Stand natürlich gleich dreimal in den Regalen.

53

Filzpantoffeln. Erstand ein Paar Filzpantoffeln. Da hilft keine Ironie. Sechs Euro, bei Aldi. Bequem, aber nicht lange.

54

Früher beschäftigte sich die katholische Bevölkerung am Sonntagmorgen mit der Sicherung des Nachwuchses, man zeugte, und ging darum schon am Samstagabend in die Messe. Ich beobachte mit Sorge diese Sonntagmorgenfrömmigkeit. Nicht, dass ich etwas gegen die Kirche hätte. Ich sehe in der katholischen Kirche eine regionale Spezialität, die es auf Teufel komm raus zu erhalten gilt.

55

Der Arbeitskreis FfF (Frauen für Frieden) fällt wie ein Schwatzdrosselschwarm ins Alte Dampfbad, verlegt meinen Hut von der Garderobe auf den Gepäckträger meines Fahrrads, behängt den Ständer mit Troddelkram, selbstgestrickten Schals, Mützen mit armlangen Schleifen, Mäntel, wie sie früher Schäfer trugen. Dann tagen sie. Chronik der Woche, Beleidigungen, sexuelle Attacken, Frauenmissachtung, Zurücksetzungen … Bis ich mit der Teekanne komme. Heute habe ich Holundertee gemacht. Super. Jetzt andersrum. Wie viele freundliche Männer die Stadt doch birgt. Türaufhalter, Guten-Morgen-Sager, Holunderteemacher, Gleichstellungsfreunde …

56

Alte Fahrwasser: Armut, Enge, Vorurteil. Einfach nicht denken gelernt. Keine Anmut, keine Freundlichkeit, kein Vertrauen, keine Liebe. Nur Misstrauen, Ängstlichkeit, und die Antwort auf alles: Du musst zurückschlagen können.

Die Härte, mit der die Leute miteinander umgingen.

Das Schnelle, das Urteilen.

Über alles eine Meinung, aber feste.

57

Das größte Lebewesen der Schweiz ist ein vielleicht tausend Jahre altes Myzel vom Hallimasch in der Gegend vom Ofenpass. So an die fünfzig Fußballfelder groß. Wir spazierten da einige Stunden rum. Fanden keinen einzigen Pilz.

58

Anruf Horst. Er sitze im Café König und linse nach schönen Witwen oder sonstigen nach Reichtum aussehenden Damen, während vor ihm in der Tasse die Schokolade erstarre und ein Glas Sekt ausperle. Schließlich wolle er sich ja hier niederlassen. Lange mache er das allerdings nicht mehr mit. Wenn sich nicht bald ein Kontakt anknüpfen lasse, haue er ab und versuche sein Glück in – in Freudenstadt. Ob ich mich da auskennen würde?

59

Neues vom Tage. Oper von Paul Hindemith. Da sitzt eine Frau in der Badewanne und besingt die Vorzüge der Warmwasserversorgung. 1929 Uraufführung in der Kroll-Oper. Hitler ist dabei. Er ist empört. Als 1934 von Hindemith *Mathis der Maler* uraufgeführt werden soll, kann er das endlich verbieten lassen.

60

Die alten Leute in der Zeitung. Mit Foto. Ab 90 steht ein Bürgermeister daneben, ab 95 die Oberbürgermeisterin, ab 100 die Frauenbeauftragte. Sie haben da einen Rubrik für die Alten in der Zeitung, verachtet mir die Abonnenten nicht, wer an die 80 kommt, der bestellt nicht mehr ab, der will in die Zeitung, der kommt in die Zeitung, das ist sein Recht als Abonnent.

Außerdem machen die Fotos Mut. Der Betroffene merkt nicht, wie er aussieht, er kennt sich ja. Die andern freuen sich, so seh ich noch lang nicht aus. Man könnte schon am Computer die Betroffenen ein bisschen frischer aussehen lassen, aber der, der sich mit dem Programm auskennt, ist grad nicht da. Der ist verdammt oft nicht da, aber wenn die Pferde laufen, ist er immer da und zum Sportler-des-Jahres-Ball und zum Weihnachtsmarkt immer. Was soll die Meckerei. Deswegen gibt's keine Abbestellungen.

61

Harter Bleistift in gut getrocknetem Holz. Buche. Knirscht so schön im Anspitzer.

62

Gib's weiter. Altes Gesellschaftsspiel gemütlicher Deutscher. Sie sitzen beieinander, und eine oder einer verabreicht der Nebenfrau oder dem Nebenmann einen Klaps, gib's weiter! Bis dahin ist das Spiel recht dumpf. Jetzt sitzt aber am Ende der Reihe der alte Goethe in Weimar. Und neben ihm eine junge Frau. Die scheut sich, dem Großdichter einen Klaps zu geben. Und berührt ihn nun wohl eher zart. Das reicht dem alten Herrn vollauf, er nimmt's entgegen und revanchiert sich mit einem Kuss, der von der jungen Frau nun umgehend auf die Reise geschickt wird. Gib's weiter! Und so küsste sich das deutsche Volk, Alt und Jung, durch die Jahrhunderte an jedem Ort, an jeder Stelle, bis die Seuche ausbrach. Plötzlich war »gib's weiter« eine Bedrohung. Völlig unklar, ob der alte Brauch noch einmal aufflammt.

63

Verbesserung der Jugend. Sie rotzen ihr Kaugummi nicht mehr auf Treppen und Plätze. Kauen sie nicht mehr? Gibt's keinen Stoff mehr? Auf jeden Fall, Deutschland ist sauberer geworden. Danke, deutsche Jugend.

64

Die Tauben klumpten auf der Dachrinne, die Köpfe eingezogen, und die Federn hingen wie ein übergeworfener Regenschutz. Himmel grau. Menschen ratlos herumgehend, was sollten sie denn hier bewundern? Es triefte alles, die Kirche, der Berg, das Schloss, trostlos anzuschauen. Man hatte anderes gehört, hier sei eine zentrale Stelle, man gehe auf römischen Badruinen, und jeder Blick aufwärts gewähre altoskanische Helle und florentinische Leichtigkeit. Vor allem am Hang, der Palmen trug. Aus ihren Blättern lief der Regen wie aus Quellen.

65

Der Konsum, das war mal ein Lebensmittelladen bei uns. Wer ging in den Konsum, wer zu Rewe, wer wagte sich gar in den Edeka-Laden. Rewe erschien uns verlässlich, vielleicht meinten wir, er stamme aus Nordrhein-Westfalen, Edeka war ein falsch geschriebenes Erika, und Konsum war ja wohl der Hammer: Verbrauch, Vernichtung, musste man es so deutlich sagen.

Mein Liebling hieß lange Plus, aber auch nur, seit ich wusste, wofür das stand: Prima leben und saufen. Das erklärte mir der Penner, der mich vor einem Plus-Laden um ne Maak anging. Einverstanden. Es hieße aber sterben, belehrte mich eine Einkaufskennerin, Prima leben und sterben. Wer wollte das nicht. Wenn die Waren aus dem Plus dazu prima beitragen, nur zu. Allerdings gehe ich nicht mehr hin, seitdem sie keine Buttermilch mehr in der Liter-Packung anbieten, nur im Halb-Liter-Plastik-Becher. Sterbt doch alleine!

Es soll aber sparen heißen, hörte ich neulich, Prima leben und sparen. Ein ganzes Leben lang Weltspartag. Nicht ganz so prima.

66

In Münster hörten wir Kraniche. Und als wir hochblickten, es war an der Überwasserkirche, grad auf der Aa-Brücke, sahen wir sie ziehen: ein Schwarm Kraniche. Wie im Film. Wie in der Kindheit. Wie in Finnland, sagte R. Sie hätte im Zelt gelegen, und da hätte sie die Kraniche, die sie nur aus dem Film kannte, rufen gehört, und sie wäre aus dem Zelt gesprungen, und da wäre ein Schwarm über sie hinweggeflogen. Und Olaf hätte es ihr nicht geglaubt. Erzählte sie mir auf der Aa-Brücke. Ich glaube es ihr. Und jetzt sehen wir gemeinsam Kraniche. Und kommen gerade aus der Überwasserkirche. Überhaupt waren wir in vielen Kirchen in Münster, auch in der Apostelkirche, mit den schönen alten blassen Ranken in den spitzen Bögen, die Kirche unserer Schule. Als ich in die evangelische Realschule für Jungen und Mädchen eingeschult wurde, hatten wir dort eine Feier. Es war noch dunkel. Wir standen vor der Apostelkirche, nach Klassen geordnet, es war kalt, regnerisch sowieso. Und der Lehrer Huhnd, der unser Klassenlehrer sein sollte, hieß uns abzählen. Das kam mir seltsam vor, abgezählt in die Apostelkirche zu gehen. Es war kalt in der Kirche, viel kälter als draußen. Und die Ansprache dauerte. Ich kann mich nicht erinnern, wovon die Rede war. Aber in den blassen grünen und roten Rankenmalereien der Spitzbögen verloren sich meine Gedanken. Ich träumte damals gern am Tag.

Wir gingen weiter zum Theater und in die Kirche dahinter, danach in die Lambertikirche, dann wollte R. Schlauns Clemenskirche sehen, bitte schön, reichlich eklig, als würde man im Innern einer Torte stehen. Dann der Dom. Da schien die Sonne rein. Wir blieben lange. Am nächsten Tag gingen wir kurz vor zwölf noch einmal hin, um das Läuten der Astronomischen Uhr zu hören, das Anschlagen des Todes, das Tuten des Tutemännchens, das Umdrehen der Sanduhr von Chronos zu sehen und die zwei Umdrehungen der Drei Könige mit ihren Begleitern um die Mutter Gottes mit dem Jesuskind. In der Mitte des Umlaufs, mit dem Rücken zum Betrachter, verbeugten sich die Könige vor der Muttergottes und dem Kind, der voranschreitende und hinterhergehende Bewaffnete aber nicht. Was waren das für Burschen. Und dazu das Glockenspiel, ganz hell, jeder Anschlag für sich, kein Tondurcheinander, ein evangelisches Kirchenlied, schien mir, R. kannte sogar den Text.

67

Wir aßen im Großen Kiepenkerl und einmal im Krusen Bäumken. Ich futterte im Kiepenkerl dicke Bohnen mit Mettwurst und einem faustgroßen Stück geräuchertes Schweinefleisch und R. Pfefferpotthast, und im Krusen Bäumken gab es Tortellini für R. und für mich eine Rindfleischsuppe. Sehr günstig, 3 bis 4 Euro. In der Suppe war eine Handvoll Fleisch, aber auch fünf Handvoll Nudeln, und die waren in einer Weise durch-, weich- und schleimig gekocht, dass sie sich noch schneller als das Flüssige in den Mund stürzten. Auch die Tortellini waren mit starken Kochkräften konfrontiert worden. Sie hätte aber großen Hunger gehabt, behauptete R. Im Kiepenkerl kippte ich ein Dutzend Jever zu Bohnen und Wurst, und so gingen sie irgendwie rein, R. machte es mit weniger Bier genauso, im Krausen Bäumchen war es aber Mittag, da trank nur R. ein Dunkelbier, ich aber Kaffee, wegen des Auftritts am Abend. Im Kiepenkerl gab es keine Beschallung, und wir saßen in einer ausgewiesenen Nichtraucherabteilung, im Bäumchen herrschte Stimmung, und der Wirt rauchte Stumpen. Durchs Fenster sah ich auf die Promenade – Radfahrer stürmten heran und hinweg.

68

Baader gibt's nicht mehr, Drubbel 19, da war ich in der Lehre, die Regensbergsche (oder war's Aschendorff) Buchhandlung ebensowenig, dafür Tollkötter mit seinem Backwerk. Ich kaufte ein Paderborner, ein Westfälisches Landbrot und süße Sachen, mein Gott, wie gut. Und nebenan noch ein Tabakladen, so einen sah ich selbst in Zürich nicht. Ein Raum als Humidor und drüber eine Trinkstube für Zigarristen, und Whiskies nach ihren Geburtstagen sortiert, alte Körner. Und weiter unten unter den Bögen der Feinkostladen, gesalzene Butter aus dem Tecklenburger Land, von den Baumbergen, aus der Soester Börde. Schinken am Knochen, den sie auch richtig zu schneiden verstehn. Luftgetrocknete Würste.

69

Den Opfern der Donau
Errichtet von den Freunden der Flüsse und Meere
Passau 1970

70

Ein bisschen Krankheit hilft dem Gesunden auf die Beine.

Ein bisschen Krankheit ist die beste Medizin für den Gesunden.

Nietzsche in Baden-Baden. Sein Zustand: Bis jetzt nicht gut. Schlaflosigkeit, Erbrechen, Erschöpfung. Doch vertraut er Ort und Bad … Ausgerechnet absolvierte er im Ort der lauen bis heißen Quellen eine »Kaltwasserkur«. Das heißt, Fußbäder in der Oos und kaltes Wasser in kleinen Schlucken. Er kotzte viel. Und schlief schlecht. Pfiff sich zu wenig Laudanum rein. (Jünger schlief so seine zehn Stunden, weiß Gott, womit. Und blieb bei der kleinsten Verstimmung den ganzen Tag im Bett.) Fritz lief auch bei dicksten Kopfschmerzen von Brunnen zu Brunnen. Ein kleines Glas folgte ihm wie ein Hund. »Ich gehe viel im schneeigen Tannenwald spazieren, viele gute Wege.«

Korrigierte hier die Fahnen von *Menschliches, Allzumenschliches*.

Ein bisschen Gesundheit kann auch dem standhaftesten Kranken nicht schaden. Die kleine Freude machte ihm die Gesundheit selten.

71

Wen ich in den letzten Tagen, Samstag bis Montag, küsste. Susan. Johanna. Ellen. Gisela. Geesche. Klaus. Sibylle. Sowieso Regula. Anke auch.

72

Der berühmteste Appenzeller seinerzeit war Napoleon. Als der ehemalige französische Kaiser, nachdem er seinen Thronen entsagt, sich, wie es hieß, lebenslänglich auf die Insel Elba zurückgezogen hatte, und die *Berliner Abendblätter*, herausgegeben 1810 von Heinrich von Kleist, verbreiteten, dass Napoleon aus dem Kanton Appenzell in der Schweiz stamme und eigentlich Niklas Guttheil heiße, fand man in Appenzell die Verbreitung dieser Nachricht als für die Entwicklung des Fremdenverkehrs höchst nachteilig und setzte alles daran, dass der Aufenthalt Napoleons auf Elba zeitlich beschränkt und seine Rückkehr nach Frankreich so gestaltet wurde, dass der Name Niklas Guttheil und seine Appenzeller Herkunft nachhaltig in Vergessenheit gerieten.

73

Zum Martinstag. Aufgepasst, ihr Gänse, die Kehre der Gefahr ereignet sich jäh.

74

Wir sind in Siegen, steigen in die obere Stadt, an schieferverkleideten Häuschen entlang, in denen alles aufgeräumt und ordentlich gerichtet scheint, zum Schloss, das von Johann dem Mittleren, einem Nassauer, als Mittelpunkt einer Wehranlage gegen die katholischen Heere Wallensteins im Dreißigjährigen Krieg errichtet wurde. Dieser Johann hat da auch eine Grafenschule betrieben, die heute als erste deutsche Militärakademie gewürdigt wird. Steht da alles auf einer Tafel. Damit der Pädagogik nicht genug, auch Diesterweg, der deutsche Pestalozzi, stammt aus und wirkte in Siegen, ebenso wie, das klingt kaum glaubhaft, Peter Paul Rubens in Siegen geboren wurde; der größte flämische Maler, ein Siegerländer! (Im Schlafzimmer unserer Eltern hing dieser unsägliche rubenssche Früchtekranz, mit dem sich sieben Putti abschleppen. Ein Bild, das mich als Kind arg verwirrte, als ich die Körpergröße dieser fetten Gnome hatte.)

75

Da war ein alter Mann in der Siedlung, ein ehemaliger Bergmann, der schnitzte und bastelte gern. Zum Send in Münster ging er mit einem Kasten auf dem Rücken. Den Kasten nahm er ab, klappte die Türchen auf und zutage kam ein geschnitztes Bergwerk, mit kleinen Figürchen bei bergmännischen Arbeiten. Da haut eines mit der Hacke, da sägt ein anderes Stempel zu, da schleppt ein Grubenpferd die vollgeladene Lore weg … Da stand ich oft, wenn wieder einmal die Versetzung gefährdet war, und sah dem bergmännischen Treiben zu. Als Schulabbrecher drohte der Pütt.

76

Dem Vater hatte man den Hals durchschnitten, aber keinen neuen Kopp draufgesetzt, sondern wieder den alten, der war aber schon lange nicht mehr gut dran. Die Nerven waren alle durchtrennt, jetzt konnte er sich schlecht erinnern, schlecht denken, schlecht schmecken. Er wünschte sich eine Kohlroulade. Sie wurde ihm vorgesetzt. Aber er schmeckte nichts. Gleichgültig schob er den Teller von sich. Den Kopf drehen konnte er natürlich auch nicht mehr. Kein Blick zurück, jemals. Die Mutter bekam Cortison und Bewusstsein dämpfende Medikamente, Aufheller und Appetitmacher. Von selbst hätte sie ja nichts gegessen, wo der Mann nicht wollte. Jetzt aß sie mit Lust auch alles, was er auf dem Teller ließ. Ihre Backen trieben aus wie pralle Einkaufstaschen, ihr Blick wurde triebhaft und erinnerte an ein Eichhörnchen, aber sie redete so viel, dass man sich fragte, woher sie die Zeit hatte zu essen. Sie redete nicht eigentlich, sie reihte nur Wort an Wort aneinander, das aber endlos.

Der Sohn war der Kränkste, was Schlimmes, die Muskeln fielen aus, er konnte hinfallen vor Schwäche. Alles tat weh. Aber nicht immer. Wenn es wehtat, bekam er Spritzen.

Rauchen war seine Freude. Und davon zu träumen, ein Mörder zu sein, Mörder der elegantesten Frauen, die ihn mit ihrer Liebe verfolgten, bis er sie erlöste.

77

Der Bürgermeister fährt Georg Thoma durch den Ort, die Leute jubeln. Herr Thoma, Sie müssen jetzt winken, sagt der Bürgermeister. Ich bin mir so blöd vorgekommen, sagt Thoma. Er ist Holzfäller von daheim aus und im Winter bei der Post, da ist er versichert, als Briefträger auf Skiern. Als Kind war er Hütejunge auf einem Hof am Feldberg, zur Schule waren es 13 Kilometer. Er ist ein Schwarzwaldkenianer. Jörgle, was häsch au du angschstellt, sagt die Mutter. Georg Thoma sagt, Mama, jetzt ischs, wie es isch. Da müssen wir durch miteinander. Nicht mal das Deutschlandlied bekam er zu hören, als er Olympiasieger wurde. Die West- und Ostdeutschen hatten sich auf Beethoven geeinigt, sie waren zwar eine gesamtdeutsche Mannschaft, aber die Betreuer waren wie Regierungsbeamte und mussten Kalten Krieg führen gegeneinander.

78

Familienstellen. Familienfallen. Auftritt zur systematischen Aufstellungsarbeit. Um zehn Uhr soll's losgehen. Morphogenetische Feldforschung zur Heilung auf allen Ebenen. Da nähern sie sich wieder, schwankende Gestalten. Es herrscht nämlich Glatteis. Frauen kommen im Auto, parken vor der Kirche, was nur die Kirchgänger dürfen, und gehen lachend und schwatzend dem Alten Dampfbad zu. Sie tragen Anderthalb-Liter-Plastikflaschen, wahrscheinlich mit Wasser. Eine junge Frau, eher schlendernd, Stiefel, schwarze Strümpfe, Rock. Obenrum Schlabberzeug, Pullover, Jacken, Schals. Filzmütze bunt. Eine kleine Plastikflasche. Ein Paar, sie gehen weit auseinander, rauchen. Sie schmeißt vor der Tür zum Alten Dampfbad ihre Zigarette weg und tritt drauf rum. Der Mann auf der anderen Seite schmeißt seine Zigarette auch weg, lässt sie im Schnee verenden. Greift in die Tasche, holt was raus, weiß, Tablette, steckt sie in den Mund. Jetzt auch sie, automatisch. Keine Flaschen. Sie sind noch keine vierzig, eher sportliche Bewegungen, er besonders, Schwung um die Hüfte.

Eine Verwirrte. Schaut sich um, läuft mal schneller, bleibt stehn, blickt mal zur Kirche, mal zum Schloss, dann hurtig voran zum Alten Dampfbad. Halbliterplastikflasche bunt. Sie zieht ein Handy hervor und liest im Laufen eine Botschaft. Spirituelle Wegbegleiter gesucht. Willst du nicht Familienfallensteller werden?

79

Skifahrer am Hang. Kleine Punkte, die langsam, sehr langsam hochsteigen, um dann runterzukullern in weiten Schwüngen, wie Kugeln im Gestell eines Flipperautomaten.

80

In der Nacht lehnt sie sich aus dem Fenster und schnuppert, da grillen welche. Tatsächlich sehen wir zwei Männer bei einem Feuer, einer hat allerdings einen schrillen Sicherheitsoverall an. Es sind Feuerwehrleute, die eine brennende Mülltonne löschen.

81

Bäuerin in Boden lässt die Kühe aus dem Stall, über die Straße, die sehr befahren ist, auf ein kleines Schneestück von Wiese. Das sei Vorschrift aus Bern, aus Bürobern, die Kühe täglich eine halbe Stunde an die frische Luft. Aber eine Sauarbeit bei dem Verkehr. Immer, wenn kein Auto kommt und sie den Zaun öffnet, galoppieren zwei oder drei Kühe über die Straße zurück in den Stall.

82

Der Bergbauer muss Schreiner, Zimmermann, Kuhkenner, Käser, Mäher und noch vieles mehr sein. Er versteht es, den zerstörenden Bergkräften entgegenzuwirken, baut mit Felsbrocken Keile hinter sein Haus und die weit auseinanderliegenden Hütten (Wiidgmach, Stafel, Schür, Finel), um Lawinen und Murgänge zu spalten und vorbeizulenken. Sommers mäht er an Steilhängen, trägt mannshohe Heubürden, Holz in der Hutte, Milch und Mist in Brenten. Er stößt den einrädrigen Jauchekarren über holprige Viehstufen so sicher, wie er den Schnaapeschlitten mit angehängtem Trämelholz im Winter leitet. Mit fünfzig Jahren spätestens wird er – desuuf u desaab, emusi un eminhi gah – eine Strecke von der Länge des Erdumfangs zurückgelegt haben, in Wind und Wetter, in Hitze und Kälte.

83

Familiennamen haben die Venezianer eingeführt, so um 1000 herum. Bisher reichte es, wenn man nach Giovanni dem Fischer oder Sergio dem Schmied, nach Julietta der Schneiderin oder Maria der Hure fragte. Da machte man Namen mit Köpfen. Meist mit bescheuerten.

Jägersberg ist einer, auf den man leicht raufkommt. Nicht mal Mittelgebirge. Höchstens Baumberge oder Halterner Heide.

84

Nicht damit gerechnet, dass nach der Hochzeit noch eine Ehe kommt. Jetzt hamse den Salat.

85

Hartmanns Papagei. Ermahnt seinen Halter, tu was! Hau ab! Trink! Iss! Denk!

Hackt in die Reden und so weiter und so fort, alles klar, nicht wahr, hurra. Er war mit Silver auf der Schatzinsel und kreischte Totenmannskiste.

Er war mit Napoleon in Ägypten. Er saß bei Boesner über der Ladentür, von Hartmann stundenweise vermietet, und musste farbecht schreien.

Er war Vortrinker in einer Bar, Grüßaugust in einem Modeladen, Maskottchen eines Verlags auf der Frankfurter Buchmesse. Er warb für ein farbiges Programm.

Als Loszieher im Fernsehen, *Das Los der Woche,* wurde er unverzichtbar. Eine Ziehung, die zur spannendsten Live-Sendung mutierte, weil es nicht ausgemacht war, ob er gleich, später oder erst auf die tausendste Aufforderung, zieh das Glück, reagierte. Die einzige Sendung, deren Länge nicht vorhersehbar war, unglaublich erfolgreich. Durch die so möglichen Werbeeinblendungen wurde der Produzent steinreich, und Hartmann bekam für jede angefangene Minute, die der Papagei vertrödelte, 100 Euro, da kamen manchmal zwei- oder dreitausend an Honorar zusammen.

86

Nach vierstündiger Kochzeit die Soße über die Sechs-Minuten-Spaghetti.

87

O.J., die Abkürzung für das in den Bibliographien auftauchende *ohne Jahr,* wenn das Erscheinungsjahr nicht im Impressum angegeben ist, sind auch meine Initialen. Otto, der gerade seinem letzten Jahr entschlüpfte und damit der biologischen Jahreskennzeichnung nicht mehr entspricht, ist wahrlich Otto Ohne Jahr.

Es bleibt nur noch ein langes oder kurzes. Sollten Jahre daraus werden, sind sie doch wie ein währendes erstes.

88

Kannst du halten wie'n Dachdecker! Keinem anderen Beruf trauen wir so viel Kompetenz zu.

89

Kaulquappen. Wir setzten sie als Kinder in Weckgläser und beobachteten staunend die Verwandlung. Wurden nicht Frösche draus? Ich sah es, glaube ich, nie. Goss das Glas vorher in einen Tümpel aus. Die Verwandlung des Schwanzes, die Auswüchse, wie es mir schien, am Kopf, waren mir fies. Frösche sind bis zum heutigen Tag für mich schwer zu ertragen. Heute sah ich einige hundert Kaulquappen in den Zierteichen des Parks am Friesenberg. Sie kamen mir vor wie Spermien, dicker Rumpf, langer Schwanz, dauernd in Bewegung. Das Sperma hat ein Ziel und braucht eine Trägerin für die Metamorphose, die Kaulquappe wird Frosch aus eigener Kraft.

90

Zuerst war diese Anzeige in der Zeitung: Perlendes Piano pur. Pianobar-Pianist hat noch Kapazitäten! Daneben ein Foto, das einen langweiligen Menschen zeigte. Meine Frau sah das wohl anders. Lass uns den mal einladen, wir haben doch bald Sommerfest. Getan. Der Mann war, wie er aussah. Soweit ich das beurteilen kann, konnte er aber Klavier spielen. Er kam öfter. Meine Frau war begeistert. Wir einigten uns auf Mittwoch, Freitag und Sonntag. Dann kommt er, setzt sich ans Klavier und spielt. Meine Frau ist immer neben ihm und dreht die Notenblätter um.

91

Wieland der Schmied, der Ursprungsheld germanischer Sagen, schmiedete in Siegen das vorsiegfriedliche Wunderschwert Mimung aus Erz und Gänsekot. Wenn er ein Schwert fertig hatte, zerfeilte er es, mischte seine Eisenspäne mit Mehl, gab es ausgehungerten Gänsen zu fressen, nahm deren Kot, läuterte ihn in der Esse, schmiedete es erneut und wiederholte den Vorgang so oft, bis das in die Sieg gehaltene Schwert mühelos eine heranschwimmende Pusteblume zerschnitt. Dann hatte es die gewünschte Schärfe, und Wieland konnte damit allerlei als Heldentaten gerühmte Verbrechen begehen. Das Schwert nannte er nach seinem Meister Mime, Mimung.

92

Erwachsen werden heißt, sagt der Franzose, zumal auf Französisch, die richtige Entscheidung treffen, auch wenn die Eltern dafür sind.

93

Auch ich bemühe mich, die alten rororos mit Leinenrücken bis Nummer 100 zusammen zu kriegen. Heute fand ich rororo 66, Norbert Jacques, *Dr. Mabuse, der Spieler,* von 1952 (wunderbare Umschlagillustration von Karl Gröning jr. und Gisela Pferdmenges: eine reale Männerhand, schwarzweiß, umfasst eine ekstatische Herzdame auf einer Spielkarte).

Da sprudeln die schönen Stellen nur so:

Mabuse ging einige Schritte. Er musste sich setzen. Da raffte er sich auf. Sein Wille durchstieg ihn wie eine bronzene Schraube. Und steif und starr, ohne zu schwanken, vom Trunk entzündet und über sich selbst hinausgehoben, ging er in das Zimmer, in dem sich die Gräfin aufhielt, und blieb bei ihr, ohne ein Wort zu sagen. Von dieser Stunde der Schmach an war die Frau willig seiner Knechtschaft.

94

Je enger verwandt, wird der Frieden riskant. Monikas Vetter von Drüben, Rentner, kassierte Geld auf dem Rathaus, ließ sich von Monika für den Kleiderkauf beraten. Sollte ja alles westlich sein. Nach vier Monaten sprach sie die Ladenbesitzerin an. Der Vetter habe noch achthundert Mark offen. Er hatte groß eingekauft, die Sachen einpacken, zur Post bringen und nach Hause schicken lassen.

Er hatte aber auch in der DDR gut gewirtschaftet und viel Geld zur Seite gelegt. Das offenbarte er mal beim Wein, Gutedel. Als ihm die Frau starb, nahm er sich eine Freundin. Als er einmal außer Haus und das Haus sehr kalt war, zündete die Freundin den Kamin an. Im Kamin hatte der Vetter aber sein Geld versteckt. Endlich einmal, sagt Monika, konnte ich über den Verwandten lachen.

95

Karls Vater war mit der Mutter nach Kenia ausgewandert. Dort betrieben sie eine Farm. Kaffee, Tee, Baumwolle. Als der Krieg kam, durften sie nicht bleiben. Zurück nach Deutschland. Drei Tage wird er noch Soldat. Er sitzt mit drei anderen im Graben bei Belfort, da kommt eine Granate. Die drei sind hin, er überlebt.

Karl zieht mit der Mutter an den Bodensee, sie waren in Stuttgart ausgebombt.

1947 kommt ein Brief vom Vater. Wo seid ihr denn, ich schreib euch dauernd, ihr könnt doch nicht alle tot sein.

Da war plötzlich der Vater. Ihn hatte nur ein Splitter erwischt, die Franzosen nahmen ihn in Gefangenschaft. Jetzt ist er gesund und wieder da. Das ist für den Karl nicht leicht. Für den Vater auch nicht. Er wird Beamter und nicht glücklich.

96

Früher trug er das Feuerzeug an einem Lederbändchen um den Hals. Heute hat er es in der Hand, so kommt er noch schneller ran. Er hat gleich zwei Schachteln Zigaretten vor sich auf dem Tischchen. Und er trinkt Tee. Gerhard trinkt Tee. Immer die Übersicht behalten. Tipptopp gekleidet, rote Lederjacke, weiße Turnschuhe, sonst schwarz und weiß. Tadelloses Gebiss. Gleichmäßige Geschichtsbräune, Gesichtsbräune wollte ich schreiben, denn die Mentalität der Braunen hat er auch. Durchkommen, und dabei nicht der Dumme sein.

Hotelzimmer in der Wolfsschlucht, 38 Euro, er sagt immer den Preis zu allem. Aber Frühstückszeiten von sieben bis neun, nicht mit mir, Mädchen, Frühstück aufs Zimmer pünktlich um elf. Kostet einen Euro extra, sagt die Schnalle. Meinetwegen auch einsfünfzig, sagt Gerhard, da sind wir nicht kleinlich, Hauptsache pünktlich um elf.

Er kommt gerade aus Istrien, mit Verena, die er vorher geheiratet hat. Wir sind ja siebzehn Jahre zusammen, siebzehn Jahre ist sie jünger, das passt. Außerdem ist sie Krankenschwester, wenn auch arbeitslos, aber wenn ich mal dran bin, kann sie zeigen, was sie gelernt hat. Bis jetzt läuft es gut, da ist ein Geschwür an der Prostata, aber gutartig, sagt der Arzt, alle zwei Jahre Kontrolle. Nachts alle zwei Stunden raus, aber sonst alles okay. Mit dem Hochkriegen gab's mal Ärger, mittendrin die Steife verloren, geackert wie verrückt, aber es blieb dabei. Sie wurde ärgerlich, hör doch auf mit deinem Schlappschwanz. Seitdem La Vita, aber nur immer eine halbe, kostet aber immer noch acht Euro der Stoß. Eine halbe Stunde vorher genommen, dann aber. Und das Ding wird größer, du glaubst es nicht. Nach dem Orgasmus geht's dann zurück, vielleicht könnte man später noch mal, mir reicht einmal. Bis dahin ein Hammer in der Hose.

Von Hamburg die Nase voll, beim Synchron, wo er in guten Zeiten dreißigtausend und darüber im Monat verdient hat, haben die schauspielerischen Heerscharen des Ostens die Preise verdorben. Zuletzt musste er fünfundzwanzig Seiten Dialog und noch drei, vier Hintergrundstimmen in einer Stunde abnudeln. Da war ja keine Qualität mehr drin, beschwert sich Gerhard. Fand eine Anzeige für ein Häuschen im Grünen, allerdings bei München, 600 Euro, Nebenkosten inklusive. Angerufen, miete ich gleich, Unterschrift per Telefon. Als wir da hinkamen, alles flach, dann hört auch die Straße auf, nur noch so'n Feldweg, ein Campingplatz. Dreh um, sagt Verena. Nee, lass ma gucken, und tatsächlich steht da hinten noch ein Haus und daneben ein kleines, das war's. Die Decke, da komm ich mit den Händen dran. Aber sonst in Ordnung.

In fünf Stunden am Mittelmeer. Ich fahr ja immer nachts, immer zweihundert. Kann die Idioten tagsüber nicht ertragen.

97

Ich will sehen, wie Schnee fällt, sonst nichts.

98

Der Wilde. Das Wilde. Wir lesen so gern von Glück und Lust, gelebter Verruchtheit. Alles, was uns einmal eine Möglichkeit war, eine Hoffnung, eine Chance. Besser wäre nach allem Scheitern noch ein freier Fall gewesen, als nun einfach so weiterzuleben. Die Daseinsvorsorge ist das Schlüsselwort unserer Zukunft, Pflegedienst, Zusatzversicherung. Daher unsere Liebe zu den Büchern. Da können wir alles Versäumte hineinlesen.

99

In Freiburg stiegen zwei Döner zu, die aromatischen Zwiebeln verteilten ihren Geist demokratisch über alle Reisenden. Bis Offenburg probte ich eine Ansprache an die zufrieden mampfenden Jungdeutschen (schon in Riegel hatten sie alles runtergeschlungen und das fettige Papier in den Abfallbehälter gestopft, der Gestank hielt sich bis Lahr): Entschuldigen Sie, dass ich Sie anspreche, meine Herren, es reizt mich, Ihnen aus meiner Jugend ein kurzes Stück über Familienvorbereitungen zu einer Reise zu erzählen. Ich komme aus einer Eisenbahnerfamilie, wir hatten also Freifahrtscheine, und unsere Reisen konnten nicht weit genug sein, zum Beispiel war Berchtesgaden ein beliebtes Ziel, das waren von Westfalen, wo wir herkamen, zwölf bis vierzehn Eisenbahnstunden, also stellte sich die Frage der Ernährung. Der Speisewagen kam für uns aus Kostengründen nicht in Frage. Mutter bereitete also die Verpflegung vor, Kartoffelsalat, hartgekochte Eier, Butterbrote. Bei allem achtete sie sorgsam darauf, dass es nicht roch, dass es den Mitreisenden nicht unangenehm wurde, wenn sie die Essenspakete auspackte und jedem seinen Teil auf einer über den Schoß gebreiteten großen Leinenserviette präsentierte. (Ausmalen!) Selbstverständlich wurde den im Abteil Mitreisenden auch etwas zu essen angeboten, allein der Höflichkeit wegen, und selbstverständlich nahmen wir eventuell anfallende Krümel oder andere Essensreste in den Servietten mit, die erst am Zielort auf freiem Feld oder in der Nähe von Hühnern (Eierschalen!), ausgeschüttet wurden. (Ausführlicher die wichtige Zufuhr des in den Schalen enthaltenen Kalks für die Ernährung der Hühner und neuerliche Schalenproduktion erläutern!) Ich erzähle Ihnen das aus Unterhaltungsgründen, ich bin nicht bei der Bahn angestellt, ich bin auch nicht von der Bundesregierung beauftragt, ich bin nur der alte Otto, der selbstlose Volkserzieher, und wenn ich Sie noch einmal mit einem die ganze Bude vollstinkenden Fraß im Regionalzug Freiburg–Offenburg erwische, dann setzt's was!

100

Schlimme Finger. Geschlechtsnöte entgleister Seelenkranker. Ein Oratorium mit Dudelsack und Panflöten.

War Luther ein Trinker? War Luthers unflätige Ausdrucksweise syphilitisch bedingt?

Die Syphilis des Benvenuto Cellini.

War Friedrich II. tripperkrank?

Der Fall Jean-Jacques Rousseau, Exhibitionismus oder Harnleiden? Der Uranier August von Platen.

War Franz Schubert syphilitisch? Über Mörikes Ehe.

Rezitation und Musik. Eintritt frei, Spenden für Deutsches Literaturarchiv, Marbach, möglich.

101

Er habe sich eine extra teure Matratze anfertigen lassen, weil er Einschlaf- wie Durchschlafprobleme habe, Schafgarbe, Wermuts- und Bilsenkraut sei da drin, Löwenzahnblüten auch. Er ziehe im Haus mit seiner Matratze immer um. Lege sie mal in dieses Zimmer, mal in jenes. Zwar sei sein Haus klein, aber viele Zimmer habe es, zumeist kleine. Es helfe alles nichts, teuer sei die Matratze gewesen, wie ein Kleinwagen. Jetzt habe er alle unerledigten Schriftstücke, Rechnungen, Erpressungen, Steuermahnungen, auch Liebesbriefe, kurz alles, was ihn seit Monaten belaste, sorgfältig zusammengeknüllt, zu kleinen schönen Bällchen, und mit in die Matratze gestopft. Gestern Nacht habe er zum ersten Mal seit Jahren wunderbar geschlafen. Er habe die Matratze in der Küche auf den Boden gelegt. Das sei sehr bequem gewesen, morgens gleich der Knopf des Kaffeeautomaten zur Hand.

102

Im *Dreisam-Stadion* sah ich einmal ein Tor fallen. Ich hatte nicht genau gesehen, wie. Wird ja gleich wiederholt, war mein erster Gedanke.

103

Jüngst erreichten zwei Wanderer gegen Abend erschöpft und hungrig das Gipfelrestaurant auf dem Napf, dem Berg, dem die Emme, die dem Tal den Namen gibt, entspringt. Was weiter mit dem Erlebnis nichts zu tun hat, das hier erzählt werden soll, obwohl die Wanderer in den folgenden Tagen dem Verlauf des Flüsschens nachgehen wollten, durchaus der Natur wegen und eines dort gelegenen Ortes, in dem Jeremias Gotthelf – wenn auch nicht unter diesem Namen – als Pfarrer amtete.

Die Wanderer wankten dem Wirtshaus zu, aus dessen Kamin ein Räuchlein als Zeichen einer wirkenden Küche kräuselte.

In der Wirtsstube und im Saal herrschte fröhliches Lärmen von trinkenden und tafelnden Gästen. Es handle sich hier um eine Gesellschaft von fünfzig Lebensversicherern aus Bern, die heute ein Jubiläum begingen, sagte die Wirtin den Wanderern, fünfzig »Bernerplatten« seien für die Herrschaften gerichtet, sonst gebe die Küche nichts her, außer es geschähe ein Wunder, und etwas bliebe übrig.

Die Wanderer warteten nun auf das Wunder, tranken Wein und knabberten alle auf den Tischen in ihrer Reichweite herumstehenden Nüsse und Salzstangen, sahen die Saaltöchter eine Bernerplatte nach der anderen aus der Küche zu den Lebensversicherern tragen, sahen die mächtigen Haufen von Sauerkraut, Kartoffeln und getrockneten Bohnen, tranken noch einen Wein, sogen gierig den Geruch von Zungenwürsten, Schweinerippchen, Buurehammer und Bratspeck in ihre darbenden Leiber und tranken wieder doch nur Wein, so dass sie reichlich betrunken waren, als die Wirtin zu ihnen trat und verkündete, das Wunder sei eingetreten, zwei der Lebensversicherer sei schlecht geworden, und sie könnten deren Bernerplatten haben.

104

Graf Altamira hat mir öfter erzählt, Danton hätte am Tag vor seiner Hinrichtung mit seiner groben Stimme gesagt: Sonderbar, das Zeitwort köpfen lässt sich nicht ganz durchkonjugieren; man kann wohl sagen, ich werde geköpft werden, du wirst geköpft werden, aber man kann nicht sagen: ich bin geköpft worden.

Stendhal, *Rot und Schwarz*. Aus dem Französischen von Friedrich von Oppeln-Bronikowski, Leipzig 1901, Seite 404.

105

Hörte von einem Mädchen, das ihre Augen drehen und nach innen schauen konnte.

106

Hob, schob und zog zwei Busladungen Psychoanalytiker über das Pfrimmersbächlein zum Es-Punkt. Der alte Haynal wollte sich nicht helfen lassen und nicht dulden, dass ich seiner Frau helfe. Sie hatte zarte Riemchensandalen an, und es war eine Qual für sie, den Abhang runterzukommen. Zumal der Alte ihre Hand nicht losließ. Obwohl er viel wackliger auf den Beinen war und glitschige Sohlen hatte, wollte er Kavalier bleiben und vor allem keine Unterstützung von mir annehmen. Wie unterschiedlich die Leute auf mein Hilfsangebot reagierten. Männer verweigerten häufiger, aber auch einige Frauen wollten partout nicht angefasst werden. Andere ließen sich erleichtert in meine Arme fallen. Eine ganz Rassige auf hohen Plateausohlen gab ihren fülligen Busen in meine Hände. Und dann das Hinterteil, schön, auf eine verbotene Weise überproportioniert. Ich schob es noch, als sie schon längst wieder festen Boden unter den Füßen hatte. Sie überraschte mich später mit der Frage, wo man in Baden-Baden tanzen könne.

107

St. Jodel, oberhalb von Ins, ein aufgerichteter Stein in der Kuhweide. Jurastein, eine Seite poliert, darauf eingemeißelt ein Kreis mit mystischem Netzwerk. Erklärendes Schild: Dieser und andere Lithopunctur-Steine an magischen Orten von einem Künstler errichtet, heilen die Erde. Ein Versuch, die Erde zu heilen? Wie war das gemeint? Keine Erklärung.

Der Punkt hier mit Blick auf die drei Seen, Murten-, Neuenburger- und Bielersee, läge auf der Kraftlinie La Tène–Prag–Moskau und würde von der anderen Kraftlinie Köln–Turin an dieser Stelle gekreuzt.

108

In der Jugend fiel mir auf, dass es mir an Genie mangelt, später offenbarte sich ein totaler Mangel an Talent, Disziplin kannte ich auch nicht, faul war ich sowieso, hielt mich aber immer für einen wackeren Schriftsteller.

109

Kam auf mich zu, schwarze Hose, schwarze Bluse, ein Kreuz um den Hals – Goldenes Kreuz wie ein Wirtshausschild –, ein Köpfchen, adrett, insgesamt an die zwei Meter groß. Das goldene Sportabzeichen, das Tiefseetaucherinnendiplom, der Schwarze Gürtel und die silberne Schlinge für lautloses Ausschalten unerwünschter Eindringlinge waren ihr anzusehen. Christine Fritz, Bundeskriminalamt, im Einsatz im Schwarzwald, verdeckte Ermittlungen und Personenschutz in der Anfahrt zur Bühler Höhe, hatte mich erwischt am Brahms-Platz beim Rechtsabbiegen. Ein schwarzer Van mit dunklen Scheiben, Nürnberger Kennzeichen, warf mich um, ich wollte mit dem Rad geradeaus, sie bog rechts ab, sah mich nicht, streifte meine Schulter, ich versuchte, auszugleichen und mit ihr nach rechts abzubiegen, lehnte für einen Augenblick an ihrem verdammten Van, dann beschleunigte sie, ich blieb zurück auf der Straße, das Blut tropfte aus Ellenbogen, Knie und Handrücken. Nichts tat eigentlich weh. Ich stand auf, nahm das Rad, dem anscheinend nichts passiert war, und ging auf den Bürgersteig, erleichtert und dankbar, dass ich lebte. Sie fuhr davon. Ich winkte hinterher, so geht's doch nicht, das nennt man Fahrerflucht. Weg war sie.

Vor der Bäckerei standen Tischchen, ein dicker Junge saß

da, reagierte nicht. Ich wollte mir die Nummer des Vans merken, Nürnberg, NR 173, meinte ich gelesen zu haben, ging in die Bäckerei, ließ mir einen Stift geben und schrieb die Nummer auf. Der dicke Junge sah weiter unbeteiligt dem heftigen Verkehr an der Abzweigung zur Schwarzwaldhochstraße zu.

Zwei smarte Männer kommen auf mich zu, was ist passiert, wir sahen Sie am Boden liegen. Sehr freundlich, dass Sie sich um mich bemühen. Ach, es gab sie noch, die guten Menschen. Und verteufelt gut aussehende, von der Sprache her keine Einheimischen, richtige Hochdeutsche. Ich versuche zu erklären, was mir passiert ist. Ein schwarzes Auto, getönte Scheiben, ein eher unheimlicher Kasten, fuhr mich um, weil ich geradeaus fuhr, das Auto aber rechts, zack. Haben Sie das Fahrzeug erkannt? Ich halte ihnen den Zettel hin, mehr habe ich nicht erkennen können, es stimmt auch wohl nicht so ganz, Nürnberg ist aber sicher, vielleicht könnten Sie die Polizei informieren. Wir sind die Polizei, wir versuchen, das Fahrzeug zu ermitteln.

Sie gehen zu ihrem Auto, telefonieren, kommen zurück und sagen, die Verursacherin ist auch von der Polizei, sie kommt zurück. Ich möge einen Augenblick warten.

Dann kam sie auf mich zu …

110

An einem Büchertisch auf dem Brocante in Le Landeron nehme ich eine Glauser-Ausgabe, *Matto regiert,* in die Hand, die ich nicht kenne. Bevor ich die Titelseite aufschlage, sagt ein neben mir stehender, in einem Buch blätternder Mann sachlich trocken, *dritte* Auflage!

III

Liebe ist immer. Der Mensch ist dauernd von und durch Liebe gefährdet. Sie lauert überall, vorn wie hinterrücks. Nichts nimmt sich so wichtig wie die Liebe. Selbst der Tod nicht. Der Tod zieht sich zeitweise aus unserer Erfahrung zurück. Die Liebe nimmer.

Meist Frauen. Sehnsüchtige Blicke auf die poetischen Chiffren von Chagall, Liebende, Engel, Tiere. Er war überrascht, hier so viele Besucher zu sehen, wie in einer Großstadt. Allerdings kaum Männer, und wenn, über achtzig. Er fiel richtig auf. So mancher Blick, der von diesem ersehnten Glück auf den Bildern noch gesättigt war, streifte ihn und blieb für eine Weile auf ihm haften.

Na, so was.

Da schwebte also ein Liebespaar über einer Stadt, slawisch, Zwiebeltürme, hier und da ein Tier, Hahn, Kuh oder Ochse, und bei der die Stadt umgebenden Palisade ein klein gemalter Mann, der an sie schiss.

Einige Bilder weiter wieder ein Scheißender. Oben links im Bild, leicht zu übersehen, ein hockender Mann mit nacktem Arsch, den er sich mit der Hand abwischte. Das Bild zeigte einen Geiger, bildfüllend, und hieß *Die Musik*. Also war der kauernde Mann auch wohl eher ein Musikproduzent.

Sie haben die gleiche Angewohnheit wie ich, sagte eine Stimme neben ihm. Er bekam einen Schreck, da stand eine attraktive Frau. Hatte sie sein Starren auf die nackten Hintern beobachtet? Hielt sie ihn für einen Gesäßfetischisten?

Sie streckte ihm ihre Hand entgegen, darin eine Kastanie.

Ach so, er hatte ja aus der Allee auch zwei in der Hand, schöne Handschmeichler. Tauschen wir, sagte er. Oh, sagte sie, gutes Geschäft, und wog die beiden Kastanien in ihrer Hand. Schön warm, sagte sie. Die Kastanie von ihr war heiß.

113

Beobachte einen Reiher im Tümpel des Rotenbachtals, der jetzt, weil lange kein Regen war, mit einer grünschleimigen Schicht von Blättern und Algen bedeckt ist. Schön steht der Reiher da, den Hals gestreckt. Wie ein Spazierstock, der Schnabel wäre die Krücke. Plötzlich ein Ruck, der Kopf schießt vor, der Hals rollt sich ein, schnellt zum Wasser, der Kopf haut rein – daneben.

114

Keiner schmeckt so. Das Kuhmaul. Zitronengelber Stielgrund, grau bis milchschokoladenfarbig der Hut, von einer klebrigen Schleimschicht überzogen (wie der Sabber, mit dem die Kuh ihre Küsse schmiert), die auch als glasig durchsichtige, mehr oder weniger zerrissene Haut zwischen Hut und Stielrand ausgespannt ist. Reste des Schleims bleiben als Ringzone am Stiel zurück. Durch einfallenden Sporenstaub färbt sie sich allmählich schwarz bis violett. Die grauen Lamellen werden später braun wie der Hut. Wir ziehen ihm die schleimige Haut ab. Ein feiner Schnitt, dann mit dem Finger auf der Klinge die ganze Haut bis über die Ohren runter. Löst sich leicht. Butter in der Pfanne schmelzen lassen, Kuhmaul in Streifen geschnitten behutsam hineinlegen, eine Minute schmoren. Schmeckt zart nach Zitrone. Sicherlich ist das Kuhmaul nicht so einfach zu finden wie der Pfifferling. Der Pfifferling pfeift uns ja nach im Wald, ein aufdringlicher Geselle. Das Kuhmaul mit seinem Schleim hält dagegen den Pilzsucher in Schach. Es pfeift nicht, klebt nur.

115

Sie kann nicht darauf verzichten, seine Stimme zu hören: Hans Ulrich Reichel, ich bin im Augenblick nicht erreichbar. Bitte hinterlassen Sie eine Nachricht nach dem Tonzeichen. Eine Stimme, streng, doch melodisch, distanzhaltend, aber auch einladend. Sie weiß, ihr Hans Ulrich ist vor drei Wochen gestorben und seine Asche beigesetzt, aber da ist noch die Stimme. Einmal sagt sie nach dem Piepser, Ich bin's, deine Mutter, und einmal, Warum meldest du dich nicht. Sie ruft morgens an und abends. Hans Ulrich Reichel, ich bin im Augenblick nicht erreichbar …

116

Es denkt. Man sollte sagen, wie Georg Christoph Lichtenberg, es denkt. Wir sagen ja auch: Es blitzt!

Aber warum blitzt es? Gut, Wetterkunde, das ist erklärbar, aber der Blitz, der uns denken lässt, ist poetischer Natur. Das ist ein Blitz, der nicht von außen kommt, sondern in uns selbst einschlagen muss.

Was das Wetter liefert an Umständen, Wärme, Kälte, Wind, die zu einem Blitz führen, so blitzt es in uns, wenn die Mischung aus Verstand, Witz und Herz stimmt.

Beispiel Wilhelm Tell. Schiller. Wir lernen schon in der Schule die Aphorismen aus Wilhelm Tell: Die Axt im Haus erspart den Zimmermann, Wir wollen sein ein einig Volk von Brüdern etc.

Meine Lebensfreundin Regula zitiert, wenn sie Wilhelm Tell zitiert, aber eine Sequenz, die wir in der Schule nie als vorbildlich vermittelt bekommen haben. Sie sagt mit Wilhelm Tell, 1. Akt, 1. Aufzug: »Die braune Liesel kenn ich am Geläut!«

Nun stellen Sie sich vor, Sie wären aufgewachsen nicht mit diesen Tell-Weisheiten, dass einer durch die hohle Gasse kommen muss oder dass man den Schreiner spart, wenn man sich ne Axt bei Obi besorgt, sondern mit: Die braune Liesel kenn ich am Geläut.

Die Menschen wären friedlicher, hätten mehr Verständnis für die Natur und ein musikalisches Gehör ausgeprägt. Vielleicht hätte es dazu geführt, dass man den jungen Rindern nicht die Hörner ausbrennt und dass die meisten Kühe der Schweiz und des Schwarzwalds hornlos und traurig in den schönen Wiesen herumstehn.

117

Johann Lafer, ein Fernsehkoch, hat in der Sendung Kalbskotelett am Knochen zubereitet, belegt mit einer tiefgekühlten Masse aus allerlei Pikantem und besemmelt mit Trüffelspänen, und ein Safranrisotto, in das er zum guten Ende Buttermilch einrührt. Er wird vom Moderator Kerner gefragt, wie er denn immer wieder auf diese tollen Einfälle käme, worauf der Koch mit verblüffender Ehrlichkeit antwortet, die Redaktion frage ihn an, ob er für die Sendung einen originellen Hauptgang kochen könne, Ente, Gans und Hühnerklein hätten sie neulich schon gehabt, so dass ihm etwas Ausgefallenes vorzuschlagen nachgerade aufgezwungen würde.

118

Nicht, dass es einstmals in den Kneipen schön gewesen wäre. Es war aber doch dem Alltag als Feierstunde zugehörig. Angenehm war mir der säuerliche Biergeruch und was Zigarren und Pfeifen von sich gaben an Gewölk und Gestank. Zigaretten nicht so. Die Rauchwolken lagen wie Schiffe im Raum, schwer und schwankend, die gedankenvoll davonsegelten. So viel Unausgesprochenes, Fernsüchtiges, Verlorenes. Das Ausgedampfte. Der sichtbare Atem der Säufer und Krakeeler. Ich war da gern. Das Bier schmeckte mir. Pils und Kölsch. Auch die Gläser waren wichtig. Schlank und klar. Beim Absetzen wollte ich das Ergebnis sehn. Mehr als die Hälfte war jetzt nur noch drin, also nachbestellen. So hatte man, auch wenn man allein war, zu tun.

119

Das eingebildete Panzerherz ist drum herum so verkalkt, dass der Herzschlag gegen die Kalkwand dröhnt. Ordentlich macht es bum bum bum, unordentlich bumbumbum bum oder bum bumbum.

Wie es aus den Lautsprechern der Autos mit Herzrhythmusstörungen tönt.

Tausende Liter täglich schafft Panzerherz, rechts raus.

Zehntausend Liter Luft holt sich die Lunge rein.

Ein guter Doktor hört das alles, aber er tut nichts, wenn er 10 000 verdienen kann durch Geräteuntersuchungen.

Grobblasig, sagt der Doktor, wenn die Lunge knistert wie ein brennender Tannenbaum.

Beim Husten will alles raus aus der Lunge, der Dreck, die Sprechhemmung, das schlechte Gewissen – auch der Staub des Herzens.

120

Ach, Faulheit, schöne Faulheit, edle Menschentugend. Wie köstlich ruht dem Faulen das Gewissen, wie ruhig ist nach einem faulen Tag sein Schlaf.

121

Alfonso über Dieter Krieg: Er zupfte an mir herum im Flur der Akademie – auf mein Erstaunen hin sagte er, das machen kleine Enten so, wenn sie einen mögen.

Ich kenne das, wenn man sie füttert, hauen sie einem die gezahnten Schnäbelchen auch in die Finger, sie wollen alles.

122

Freiheiten der Hände. Eine Hand muss für die Liebe frei sein, für die Liebe zu Menschen, Büchern, schönen Gläsern – den Tulpen, den Hochfüßchen, den Stiefeln, den Pilskugeln, den Stangen … Die andere muss sich vom Handwerk lösen, das die Kundschaft und die Auftragslage bestimmt.

123

1806 bekam Goethe eine neue Übersetzung des Nibelungenlieds, aus der er bei Tische vorzulesen beliebte. Als er an die Stelle kam:

Es war der große Siegfried, der aus dem Grase sprang,
Es ragete ihm vom Herzen eine Speerstange lang.

rief er in seinem Frankfurter Dialekt: Ei, das ist kapital!

124

Die zwei Raben – Nebelkrähen wohl, sie waren wie mit einem grauen Federmantel bekleidet – in der Winterfeldstraße, sie hackten in einer blutigen Taubenhälfte herum, mit wenig Scheu auch bei nahenden Menschenbeinen. Vielleicht ein kleines hüpfendes Versetzen, dann wieder reingehaun. Schöne Vögel, aber was für ein Benehmen.

125

Die größte Apothekendichte der Welt weist die Baden-Badener Innenstadt auf. Ein Grund mehr, hier zu wohnen. Wenn ich die Staffeln hinuntergehe, keine dreißig Stufen, sind, wenn ich mich links wende, gleich vier, geh ich rechts, sechs. Ich kenne sie alle, ich war überall Kunde, entschieden habe ich mich für die, die mir die dicksten Geschenke macht. Zuletzt bekam ich eine Uhr, es war aber auch Weihnachten. Diesmal erwarte ich einen iPod. Meine Apotheke hat noch eine alte Einrichtung, schöne Schränke, Hunderte von Schubladen, da ist aber nichts drin. Alles nur Schein. Die von mir bevorzugte Apotheke war früher eine Offizin, also mit Werkräumen, in denen gemischt, gepanscht, gerührt und im Mörser gestoßen wurde. Der Mörser. Welch ein Wort. Heute ist da das Lager für die Packungen. Vorne im Laden hoher Schein, hinten die Drogen. Eine Offizin kann sich sonst nur eine Druckerei nennen, in deren Werkstatt Zehntausende von Bleibuchstaben im Setzkasten auf kundige Hände hoffen. Ich gehe regelmäßig in die Apotheke und frage, was es Neues gibt. Und die Apothekerin läuft ins Lager und holt mir das Neueste. Da sollten Sie aber Herzpatient sein, sagt sie und reicht mir eine Neuerscheinung. Ich sage, das lassen Sie mal meine Sorge sein. Eine Krankheit zu einer Medizin ist leicht gefunden.

126

Mitte Dezember verspürt sie ein Verlangen nach Tannenbaum. Wir würden alt, wenn wir das Bedürfnis nach Weihnachtsstimmung aufgäben. Sie will den Baum aber erst am Abend kaufen, wenn die Kinder den Transport nicht mehr sehen.

Am Abend will sie keinen Tannenbaum. Wozu auch. Keiner ist da. Keiner braucht ihn, keiner will ihn.

Am Morgen bringt sie mich zum Bahnhof, gleich hol ich einen Tannenbaum, sagt sie.

127

Nicht nur in Corona-Zeiten ist das Küssen problematisch. Nach Freud hat ja der Kuss Anspruch auf den Namen »perverser Akt«, denn er besteht in der Vereinigung zweier erogener Mundzonen anstelle der beiden Genitalien. Aber niemand kommt heute auf die Idee, ihn als pervers zu bezeichnen. Der Kuss wird als gemilderte Andeutung des Sexualaktes gesellschaftlich überall akzeptiert. Freud dagegen warnt, dass das Küssen leicht zu voller Perversion führen könne, wenn es nämlich so intensiv ausfalle, dass sich Genitalentladung und Orgasmus direkt daran anschlössen – wir sehen seinen erhobenen Finger –, was gar nicht so selten vorkomme.

128

Der kleine Laden gleicht einem Diamantengeschäft, ausgestattet mit edlen Regalen, darin nur Dosen mit Gänseleber und Kaviar, einige Flaschen Gewürztraminer und Wodka, mehr als Dekoration. Geteilt wird der Laden durch eine Marmortheke, hinter der eine feine Dame amtet. Sie trägt einen gestrickten schwarzen Pullover, über der Brust durch eine schräge schalartige Wollhälfte mit drei großen Knöpfen geschlossen. Ihre Frisur ist von kühnem Schnitt. Was sie auch tut – schneiden, einpacken, kassieren –, alles im gleichen Takt, ruhig und beherrscht. Ihr Lächeln ist eine weitere sorgsam zugeteilte Kostbarkeit, wie eine zusätzliche Schmuckschleife am Päckchen mit den Gänseleberscheiben.

Mit einer kleinen Körperdrehung greift sie die Pastete aus dem Schaufenster, legt sie vor sich auf die Marmortheke, sieht Kundin oder Kunden mit ernsten Augen an, wartet ab, ob es, zwei, vier oder acht Tranchen sein dürfen. Sorgsam schneidet sie eine Scheibe, legt ein Fettpapierchen drauf und so weiter, wie gewünscht. Die Pastete kommt wieder ins Schaufenster. Die Dame wickelt die Tranchen ein – mit welch behutsamer Umsicht und Gelassenheit! Fasziniert schauen ihr die Kunden zu. Viele sind es nicht. Mit fünfen ist der Laden knüppelvoll. Der Raum vor der Theke ist nicht größer als der dahinter. Genau so wie in der Stiftskirche in Baden-Baden, da ist der Raum für den Priester ebenso groß wie die scharf, wenn auch ohne Theke, abgetrennte Abteilung für die Gläubigen.

Verlässt man den Laden, steht um die Ecke das Münster. Wie ein Pilz, den man plötzlich im Wald trifft. Erwünscht, aber überraschend.

129

Schöne Wörter: abläschele, Chnorz, Gigampfi, heimlifeiss, lämpe, rumpelsurig, tröόle, zunderobsi – si alli so nätt.

Nätt ist das neue Böse.

130

Schwerhörige sind gern Gäste in der Pianobar. Sie träumen vor sich hin, knabbern Nüsse, die ihnen der Pianobarkellner hingestellt hat, trinken Pilsener und träumen von schönen Frauen, die wie sie, gern schweigen.

131

Ein gutes Menü besteht aus Gefühlen.

132

Knottnerus-Meyer hat beobachtet, wie der Plumpbeutler einen in seine Höhle eingedrungenen Hund einfach an die Wand gedrückt und gewartet hat, bis ihm die Luft ausging. Der Plumpbeutler hat ja keinen Schwanz, in den der Hund ohne weiteres beißen könnte. Und das flach abfallende Hinterteil bietet keine Bissmöglichkeit, ist dazu aus zähester Haut, die kein Zahn durchdringen kann. Klug eingerichtet.

Als es auf den Bass-Inseln noch Plumpbeutler gab, wurden sie von Fischern oft gezähmt und wie Hunde gehalten, erzählt Grzimek. Diese zahmen Plumpbeutler gingen tagsüber in den Wald und kamen abends ins Haus zurück. Sie ließen sich von den Kindern in den Arm nehmen und waren ihnen die nettesten Spielkameraden. Sonst ist der Plumpbeutler nachtaktiv, wühlt die Erde auf nach Schnecken, Wurzeln und Pilzen und wohnt in Höhlen – wie die Kaninchen, eine Plage in Australien! Schafe und Kühe sacken in die Hohlräume ein und brechen sich die Beine. In einigen Gegenden zahlte man Abschussprämien auch für den Plumpbeutler. Dieser flüchtete nicht vor seinen Mördern und handelte sich damit den Ruf ein, das dümmste Tier der Welt zu sein.

Als der Philosoph Theodor W. (Wombat) Adorno seinen

Freund, den Zoodirektor Grzimek, davon schwärmen hörte, bat er ihn, im Frankfurter Zoo Plumpbeutler anzusiedeln. Wie klug, dachte Adorno, muss ein Lebewesen sein, das sich den Ruf, dümmstes Tier der Welt zu sein, erwerben kann.

133

Der Fischereiaufseher vom Schluchsee.

Welse, Hechte, Weißfische (Rotaugen), Saiblinge, Zander, Felchen, Karpfen … Viele Fische im See. Ohne Anglerschein gibt es Ärger. Eingreifen kann er aber nicht, wenn die Russen, Polen und anderen Ostlinge auf dem Eis fischen. Man sieht es an den Hinterlassenschaften, leere Wodkaflaschen. Aber da kann er nicht eingreifen, weil die Polizei das Ahndungsrecht hat. An den Ufern steht aus gutem Grund: Betreten der Eisfläche verboten. Haut einer ein Loch ins Eis und angelt, hat er schon mal ein polizeiliches Verbot übertreten. Das ist Polizeisache. Die trauen sich aber nicht so richtig an die Kerle ran (Wodkaflaschen). Also weiß er auch nicht, ob die Angelscheine haben. Wahrscheinlich gibt es so was gar nicht, wo die herkommen. Am Schluchsee bekommt man eine Angelerlaubnis nur, wenn man einen Angelschein, also eine staatlich kontrollierte Anglerprüfung, erfolgreich absolviert hat.

Es ist mit dem Eis so gefährlich, weil sich der Wasserspiegel schnell und heftig verändern kann. Wenn viel Wasser durch die Turbinen geht zum Beispiel, in Spitzenzeiten, Stromhauptbedarfszeiten, bis zu 35 Cent eine Einheit. Zu Billigtarifzeiten, nachts, wird aus dem Rhein wieder hochgepumpt, zu 3 Cent. Der Vertrag mit der Gemeinde läuft aber bald mal aus. Dann wird das Schluchseewerk wohl mehr bezahlen müssen für die Seenutzung. Aber auch jetzt tun sie schon was für die Gemeinde, zum Beispiel der Fußweg von Seebrugg nach Schluchsee, den hat Dr. Günzel vom Schluchseewerk finanziert.

Er weiß manchmal gar nicht, warum er noch eine Wohnung in Freiburg hat, wo er doch eigentlich jeden Tag hier oben ist und einmal um den See herum geht. Im Unterkrummenhof kehrt er regelmäßig ein und trinkt ein Rothaus. Eins, weil sonst wird er müde. Jetzt scheint ja die Sonne, da sitzt er gern vor der Wirtschaft, sonst beinah lieber drinnen, wenn es eng wird und viele Leute auf die Bänke rutschen. Dann kommt man sich nahe, da gibt es oft interessante Gespräche.

Der Kormoran frisst am Tag ein Kilo Fisch. So fünfzehn bis zwanzig sind regelmäßig da. Sie tauchen bis zum Grund, im Bodensee hat man Kormorane aus sechzig Metern Tiefe mit dem Fang im Netz gehabt.

Wie viel Fische der Reiher frisst, weiß er nicht. Es gibt viele Reiher, seit sie unter Naturschutz stehen.

Ja, hier machen sie noch alles mit der Hand und frisch.

Die Gegend ist schön. Warum der Hof Unterkrummen heißt, ist dem Fischereiaufseher nicht bekannt, Krummen heißt der Berg von alters her, wenn man krumm als nicht gerade versteht, sind ja ringsum auch die anderen Berge krumm.

134

Rentner im Wald. Nicht mal Russen. Deutsche Pilzsammler unter Aufsicht. Ihre Kleidung so grell wie abwaschbar (Kuhmaul). Wellness unter Tannen. Schlüpfrige Reden von Mann zu Mann. Bei Pilzen kann man ja an vieles denken. Später im Naturfreundehaus bei der Tannhäusertorte, vor den lauschenden Damen die Geschichten ihrer Pilzfunde. Hossa!

135

Heute kamen neue Briefmarken
M-Set Wohlfahrt Loriot 10 mal 45 Cent plus 25
Serie dt. Malerei C. D. Friedrich, 55 Cent
Jetzt schreiben
Schöne Briefmarken auf die Umschläge kleben
Schönen Briefkasten suchen
Ab die Post

136

Halbhöhenlage. Die Villen. In langen Schleifen, engen Kehren spazieren die Straßen die Hügel hinauf. Wer hier wohnte, war was, allein schon weil er dies hatte, Villa mit Remise, wo der Kutscher wohnte mit seinem Pferd. Das ging problemlos in die Garage über.

Wer hier zu Fuß geht, wird von den Blicken der Nachbarvillen ermordet. Staffeln kürzen den Weg ins Tal, hier stürzen die wenigen Kinder, die nicht gefahren werden, der Schule zu.

Allein der Hund, der auf den Teppich sich zu entleeren droht, macht den Bewohner zum Spaziergänger.

Das alles ist sehr geheimnisvoll, oder wenn man so will, zum Kotzen.

137

Die Tante war als Mädchen im Haushalt eines Bergwerkdirektors angestellt und hatte gelernt, Walnuss-Kartoffelklößchen zu formen, die zum Rehbocknüsschen mit Portwein-Pfeffersoße serviert wurden. Der Onkel war Bergmann gewesen. Der Krieg hatte Granatsplitter in einem Bein zurückgelassen, das dreimal ein Stück kürzer gemacht wurde, dem blieb nur über Tage zu arbeiten übrig, als Heizer in der Nacht. Einmal weckte er mich, und ich stolperte an seiner Hand im Schein seiner Grubenlampe über weite Höfe in ein Labyrinth aus Stein und Eisen vor ein Ungetüm, in dessen flammende Schnauze er Unmengen Koks schaufelte.

138

1961, 20. November. Akademie der Künste Berlin. Fernsehauftritt Doderer. Seine Eleganz, der fantastisch sitzende Anzug. Seine Art zu reden. Die Bewegungen. Die Melodie. Daneben Höllerer, der ihn einzuführen hat, sinkt unter die Tischkante.

Doderer: Unter einem realistischen Romanschriftsteller verstehe ich einen Autor, der in ein erfundenes Gewand schlüpft und bei wirklichen Ärmeln herauskommt.

Da saß ich baff und bewunderte.

Später wischte er den Zettel, den ihm Höllerer zuschob, wohl mit der Mitteilung, dass die Sendezeit gleich um sei, mit großer Gebärde vom Tisch. Wurde ja alles vom Fernsehen aufgezeichnet damals, der Saal nach deren Ansprüchen ausgeleuchtet, Mikrofonproben endlos. Doderer interessiert das nicht. Er liest. Der Erzähler beobachtet durchs Dachfenster die Entkleidung einer Frau im gegenüberliegenden Fenster. Genussvolle Beschreibung. Details der Korsage, überaus exakt. Glänzend gelesen. Höllerer auf heißen Kohlen, blickt dauernd zur Uhr. Gleich ist die abgesprochene Sendezeit um. Doderer liest. Die Lichter an den drei elektronischen Kameras (MAZ) erlöschen. Kameraleute entspannen sich. Die vom Fernsehen aufgebauten Lampen schalten sich aus. Doderer liest. Höllerer kurz vorm Infarkt, schreibt wieder einen Zettel. Schiebt ihn zu Doderer. Doderer liest.

139

Vermögen, die er bald kennt. Der Vermögenjäger ist in eine luxuriöse Wohnung in einen klotzigen Neubau oben beim Paradies gezogen. Bald wird er einen Empfang geben und die reichen alten Mädchen kennenlernen, die da hinter flakunterstandähnlichen Betonriegeln, die dem Terrassenbau als Balkone zugemutet sind, hausen. Kapriziöse, schon wieder zu Eigenschaften junger Mädchen zurückgefunden habende Witwen, die einem Mann wie ihm bald ihr Herz öffnen werden und, mit der ihm eigenen geschickt erteilten Nachhilfe, auch ihr Testament. Im großen Raum mit Breitsicht vom Funk bis zum Battert und Weitsicht auf die Vogesen hat er ein frisch mit rotem Samt bezogenes Sofa aufgebaut. Die neue, noch nach oben gewölbte, straffe Polsterung lässt die darauf Sitzenden den Boden unter den Füßen verlieren, eine kommode Hilflosigkeit provozierend. Die Damen werden aufs Schmeichelhafteste erhöht, aber gleichzeitig auch gefährdet. Ein schnelles Sicherheben (und Entwischen) ist jedenfalls nicht möglich. Vier Teppiche wirken auf dem Parkett wie verstreut.

Zuvor stellt er noch seine Bücher auf. Als erstes Bild hat er ein gerahmtes Foto von Ernst Jünger, signiert »Herrn Dr. P. mit kameradschaftlichem Gruß«, an ein Bücherregal geschlagen, das Foto ist ein wenig schräg zur unteren Rahmenleiste gesackt, es gibt dem Porträtierten was Hallodrihaftes.

Alles von Jünger und Benniana direkt neben dem Bett, in Griffweite.

Eigentlich müsste ich die Polizei rufen.

140

Der Alte vom Stocke. Schrittchen wie kleine Bissen. Noch viele Happen will er nehmen bis zum Ende. Deswegen aufgepasst. Mit schlurfendem Geiz sich vorm Tode verzögern. Noch hundert Schrittchen vorwärts ins Leben. Tack, tack, sagt der Stock.

Ein kleiner wilder Hund tobt um ihn herum. Ein braunes Wollknäuel, es kläfft, es springt, es will sich aufrollen und den Alten an einen langen Faden nehmen. Der stets pelzbemützte Rentner macht nur tack, erst der Stock, dann der Fuß, nur so'n Fingerbreit über dem Boden.

141

Als die Eier zwei Pfennig kosteten, heiratete meine Mutter. Meine Mutter pflegte ihre Hochzeit mit dem Eierpreis zu verbinden. Immer wenn sie von ihrer Hochzeit sprach, das Wetter, das Essen, die Gäste, fügte sie den Eierpreis hinzu. Ein Ei kostete, als ich damals heiratete, zwei Pfennig.

Dabei aß sie kaum je Eier. Es hatte was mit ihrer Gesundheit zu tun. Ein Ei wäre ihrem Herzen zu sehr zu Leibe gerückt.

142

Sie töten ja die Fische nicht einmal, die werden ins Boot geschmissen und verenden. Kommt Jesus und trägt dem Petrus auf, die Fische sein zu lassen und Menschen zu fangen. Besinnungslos sollen sie werden und nach Luft schnappen. Dann sind sie reif für die christliche Botschaft.

143

Kontrollgang Obere Budley, Vinelz, wo auf der Weide unterhalb der Kirche ein Schaf gelammt hatte. Da steht es zitternd, das Lamm, die rechte Flanke blutverschmiert, noch nicht reif für einen Schritt. Das Schaf frisst unterdes gierig. Schließlich setzt das Lamm Fuß vor Fuß zur Mutter hin. Endlich leckt die Mutter es ein wenig ab. Das Schäfchen schnuppert am Leib der Mutter. Es entdeckt die Zitzen und probiert das Saugen. Sobald ein Milchkontakt erfolgt, wedelt sein Schwänzchen wild kreisrund.

144

Weiß getupft sind alle Felder
Keine Blume dünkt mich holder
Als wenn die Kartoffeln blühen
Freu mich schon, sie rauszuziehen

145

Der Kartoffelstampfer symbolisiert die verlorene Kindheit. Mit dem Kartoffelstampfer konnte man König sein oder Papst oder Eisenhüttendirektor. Sahen ja aus wie Kartoffelstampfer, die Hochöfen, in denen sie den schwarzen Brei stampften, Erz und Stein zu Eisen, den Eisenbrei. Eisenbrei verhüttet gab die heiße Eisensuppe für den starken Erzkönig, der den Hals nicht vollkriegen konnte und Schlacke schiss.

146

Wie gesittet die Menschen das Ufer begehen. Weil Ostern ist. Sie zeigen auf den See, um einander auf etwas aufmerksam zu machen, sie lesen die Hinweise auf den Tafeln am Seepark, was für ein Leben in den verfaulenden Baumstämmen, im Schilf, im künstlichen Tümpel wimmelt. Sehen kann man es noch nicht. Einmal quakt ein Frosch, dann fallen zwei andere ein, dann ist's wieder still. Die Menschen gehen mit ihren Kindern gern zu den eingesperrten Tieren, dem stinkenden Ziegenbock und den kleinen traurigen Eseln. Von friedlichem Dahinschlendern und nebenbei botanisch und zoologisch Sich-Bilden wollen einige aber gar nichts wissen. Da sind zwei Frauen, die liegen schlafend auf Decken, zu ihren Füßen schwappt das Wasser an den aufgehäuften kleinen Wall von Erde, Blättern und Zweigen. Ein Mann mit nackten Oberarmen, auf denen Ornamente und Figuren wild verschlungen sind, unterhält mühsam ein Feuer aus Schwemmholz. Neben ihm sitzt eine Frau, die starrt in die Flammen. Sie haben den Rücken den Spaziergängern zugewandt. Die Spaziergänger blicken missbilligend oder auch mitleidig auf das Paar am Seeufer und die herumliegenden leeren Bierdosen und Flaschen. Und drei junge rausgeputzte und geschminkte Mädchen hocken auf einer Banklehne und schauen sich nach dem alleinschlendernden Mann im blauen Hemd um. Das könnte einer sein, der was will. Was für Blicke sie werfen können.

Es gibt zwei Toilettenanlagen in diesem Gebiet. Beide sind tipptopp. Dass auch gestern schönes Wetter war und jetzt Sonntag ist, merkt man an den überfüllten Abfallkörben. Wenn sich ein Schiff dem Hafen von Konstanz nähert, schreit es auf, dass es den See überzittert.

147

Lese Klemperers Tagebuch, Februar 45, Dresden. Er erzählt die Anekdote von den amerikanischen Überfliegern:

Ein amerikanisches Geschwader überfliegt Schweizer Territorium, um ungefährdeter und schneller an die deutschen Waffenschmieden zu kommen.

Die Schweizer Grenzwacht funkt: Sie überfliegen Schweizer Territorium.

Die Amerikaner antworten: Wir wissen das.

Die Schweizer funken: Wenn sie nicht sofort verschwinden, müssen wir Sie beschießen.

Die Amerikaner: Wir wissen das.

Die Schweizer schießen.

Die Amerikaner funken: Sie schießen zu kurz.

Die Schweizer: Wir wissen das.

148

Wenn mein Vater sein Glück
Nicht fassen konnte studierte er
Fahrpläne schrieb Abfahrts- und
Ankunftszeiten auf einen Zettel
Schob ihn in den Mantel meiner
Mutter und schickte sie auf Reisen

Bei Rückkehr Ankunft Münster 17.02
Weiter mit dem Bus 17.30 Blau Kreuz
Wäldchen wo wir wohnten frühestens 18.06
Aber er ging schon 14.06
zur Haltestelle und dann
jede Stunde

149

Italienische Reise als Durcharbeitung des Ichs, gut gelungen. Goethe hat sich mit seinem Über-Ich – das sein Vater repräsentiert – arrangiert, er hat sein Unbewusstes, das ihn wünschen ließ, ein Maler zu sein, diszipliniert, und er hat sein Es entdeckt, das heißt, er hat in Rom gelernt, seine sexuelle Emanzipation zu genießen.

150

Überfüllte Züge der Zuschlagklasse aus Stuttgart, ein Kreuz: seine Ruhe hat man nur im Regionalverkehr

Wenn man Glück hat strömt

Keine Rentnergang zum Vereinskasseversaufenausflug

Keine bedröhnte Jugend

Nur die werktätige Klasse auf dem Nachhauseweg, matt und müde, aber wohlig, aufgeräumt und abendzukunftsfroh, leis und weis

151

Ein Summen über dem Marktplatz. Bienen. Tausende von Bienen. Hin und her, kreisend, steigend, fallend. Armlanger Abstand voneinander. Ein riesiger Bienenschwarm surrte auf der Suche nach einer Bleibe über den Platz. Wir rissen das Fenster auf, um uns an dem schönen Gesumme zu erfreuen. Am Rande des Schwarms Einzelgänger, in weiten Bögen nach allen Seiten ausscherend. Agenten, Spione, Scouts. Irgendwo muss ja wohl auch die Königin sein. Regula sagte, da gibt's ne zweite Königin, deswegen musste diese mitsamt ihrem Volk weichen. Volk ohne Raum. Einige dieser Pfadfinderbienen flogen zum Fenster rein.

Wir hatten lange zu tun, sie, ohne ihnen ein Beinchen zu krümmen, wieder rauszukriegen. Der Schwarm stieg derweil den Florentiner Hang hinan. Als wir die letzte Biene draußen hatten, war von dem Schwarm nichts mehr zu sehen und zu hören.

152

Radikal regional. In St. Moritz, Palace Hotel, Pianobar. David Bowie und ich. Er wollte ein Bier, ich auch. Bitte ein Bier aus der Gegend, sagte ich zum Kellner, was haben Sie denn da? Wir haben eher internationale Biere, sagte der Kellner, Münchner … Dortmunder … Guinness … Heineken … Heineken betonte er besonders. Wir möchten etwas Regionales, sagte ich, Calanda zum Beispiel, Calanda aus Chur. Calanda haben wir auch, sagte der Kellner etwas angewidert. Dann möchten wir das.

Am Nebentisch war ein älterer Mann hastig aufgestanden, hatte dabei sein Tischchen umgestoßen, eine Tasse war zu Boden gegangen und ein Mineralwasserglas, das dabei zerbrach. Der Mann kümmerte sich nicht darum und eilte davon. Der Kellner erschien, stellte empört die Calanda-Flaschen auf unseren Tisch und sagte vorwurfsvoll: Wie konnten Sie nur, der Herr am Nebentisch war Herr Heineken, ich habe Sie extra darauf aufmerksam gemacht.

Einige Wochen später las ich in der Zeitung, dass Heineken die Calanda-Brauerei gerade seinem Imperium zugekauft hatte.

153

Zeichnen wie schreiben. Beim Schreiben geht es ja hurtig voran, die Buchstaben machen sich die Worte, die Worte machen den Satz, der Satz macht den Sinn oder den Unsinn. Beim Zeichnen saust die Linie durch die Weite des weißen Papiers, hin und her gezogen an den Fäden der Lust. Wenn die Lust nachlässt und man aufhört zu zeichnen, zeigt sich die Zeichnung von selbst. Da fängt dann beim Schreiben das Denken an, das Korrigieren, das Ändern, das Einfügen und Weglassen, die Arbeit. Beim Zeichnen ist, wenn man mit der Linie aufhört, die Arbeit getan. Das ist ein Segen. Schreiben hört nie auf. Zeichnen – wie ich es verstehe, also ein eher ungelenker, von keiner Könnerschaft getrübter Spaziergang mit Bleistift über Papier – stößt bald schon an die Grenzen des Papiers.

154

Sie lassen die Störche an Weihnachten nicht aus dem Land. Gute Worte, gutes Futter, gestutzte Flügel. Hunderte von Störchen im Gehege im Park. Gleich hinter dem Europa-Parlament in Straßburg. Der Storch ist ja nicht nur das Wappentier der Elsässer, er trägt auch die Legende von der Unbefleckten Empfängnis und des vom elsässischen Storch gebrachten Jesuskindes. Jetzt also das Hierbleiben der Störche, um der Welt zu beweisen, dass die Elsässer sich ihrer christlichen Verantwortung bewusst sind und dafür sorgen, dass sich der Fall Jesus nicht wiederholt.

155

Die Reiseführerin. Ein Bus aus Gütersloh setzt sie vor dem Bahnhof Seebrugg ab. Eine Minute zu spät. Dabei weiß sie ja eigentlich, dass der Zug 39 geht. Macht nichts. Sitzt sie eben eine Stunde noch in der Sonne. Sie war mit einer Gruppe aus Gütersloh unterwegs, St. Märgen, St. Peter, Notschrei, St. Blasien. Übermorgen führt sie die Gütersloher durch Freiburg. Sie ist selbständig, man fragt an und mietet sie. Was sie nicht weiß, hat sie hier in dem Bändchen Südschwarzwald. Die häufig nachgeschlagenen Stellen hat sie markiert. Höchenschwand zum Beispiel. Sie liest zwei Seiten über Höchenschwand vor. In St. Blasien wollte ihre Gruppe noch Kaffee trinken und Schwarzwälder Torte essen. Da ist sie aber nicht mit. Höchstens bei ausdrücklicher Einladung. Stattdessen ist sie ins Modehaus. Da hat sie schon hin und wieder was gekauft. Die haben gute Sachen. Heute hat sie diese Hose gekauft. Die grüne Farbe hat ihr gefallen. Und Jeans wollte sie nicht.

156

Im Zug ist ein schwarzhaariges Mädchen, das, nachdem sie sich mit Küssen und Umarmungen von ihrem Bringer verabschiedet hat, zu stricken beginnt. Eine junge, gutaussehende Frau, strickt, den ganzen Schluchsee entlang. Ab Titisee legt sie die Strickerei beiseite und blättert in einem Kunstkatalog. Bei ihrem Gepäck ist auch ein großer Zeichenblock. In Hinterzarten kommen viele Passagiere, sie muss jetzt die Plätze, die sie mit Strickzeug, Zeichenblock und einer Tasche belegt hat, freigeben. Bei der Abfahrt nach Himmelreich steckt sie den Kunstkatalog in die Tasche und gähnt. Es ist nicht erkennbar, ob aus Müdigkeit oder zum Druckausgleich. Weil sie die Hand nicht vor den Mund nimmt, nehme ich an, sie macht es zum Druckausgleich. Sie gähnt auch nach Himmelreich. Lange, lange sitzt sie da mit offenem Mund. Wie schade. Wir hatten der schönen Küsserin, Strickerin und Kunstkatalogblätterin schon einen Sympathieraum in unseren Herzen eingeräumt. Jetzt gähnt sie ihn wieder leer.

157

An jeder Ecke gibt es ihn, den Versicherungsvertreter, den Generalversicherer, meiner will lieber Philosoph sein und weidet täglich im *Tao Te King*, vorläufig zieht er über den Tisch. Der Traum von der Sicherheit, vom Gerüstetsein für jede Notlage – was für ein Stoff für den Denker. Man vergisst sein Alter, man rechnet nicht mehr mit Krankheiten, mit Blindheit und Impotenz (wozu brauchte man sonst Geld als für Bücher und Frauen) angesichts der Katastrophen und Kriege, Epidemien und Hungersnöte, die der Versicherungsvertreter vorauszusehen versteht. Wie stehen Sie dann da? Habe ich alles für meine Sicherheit getan, werden Sie sich dann fragen.

Er macht seine Sache gut. Ihm zufolge darf man auch im kollektiven Notstand an sich denken. Das Leben geht also weiter. Nichts kann so schlimm sein, als wenn man nicht gut versichert ist. Gut versichert ist besser als das Leben.

158

Sachen, die mich an ihr bezaubern. Ganz unvorbereitet zieht sie mich am Ärmel und sagt, darf ich Sie mal eben küssen. Und tut das.

Wenn wir losgehen, passt sie sich mit zwei kleinen Hüpfschritten meinem Rhythmus an.

159

Der Stengelwurz, nach neuer Schreibweise der Stängel, der Stängelwurz, weil von Stange, weil Stange was mit Standhaftigkeit zu tun hat. Der Schweizer Biertrinker (Noch eine Stange, bitte) dankt den deutschen Reformern.

160

Die alte Schuld. Aber ich denke nicht daran, welche. Ich scheue den Gedanken, ich lass den Gedanken nicht heran wie einen Frosch. Der Gedanke ist der Frosch.

Wie ich den Gedanken nicht an mich heranlasse, wie Leben, wie Welt entstand, wie es hinter den Sternen weitergeht. Ich gebe auf. Mir fehlt das Wissen für die einfachsten kosmischen Zusammenhänge. Ich lass es sein. Wie angenehm ist es, nichts zu wissen.

161

Ich sah ein Bild von einem in Holland lebenden Russen, es hieß *Regen*. Eine graue, beinah eckige Masse, die sich nach unten verjüngt und schwarz verdichtet. Wie eine Depression füllt das Grau das Blatt und entlädt seine Unbestimmtheit in einem Schwarz, das eine Entladung wie eine Erlösung ankündigt. Konzentriert einfach. Ein Aquarell, handtuchgroß, *Es wird regnen* ist in Russisch auf die graue Fläche gemalt. Es sei eine Zeile aus einem Gedicht eines Petersburger Dichters. Keine näheren Angaben. 1400 Euro.

162

Ich werde geliebt. Von der Bank. Mein Bankmann erklärt mir seine Liebe. Zwar, er müsse mich diesbezüglich aufklären, gebe es eine neue Regelung, nach der für die Vermögen von 750 000 an eine neue Qualität der Betreuung eingeführt werde, eine Spezialabteilung, einen Stock höher, er werde da hinaufversetzt. Die kleinen Vermögen würden dann neuen Mitarbeitern übergeben.

Mein kleines Vermögen! Eine Unverschämtheit, die Einordnung. Ich fühle mich reich, reich wie noch nie!

Aber, weil er mich leiden könne – Ich mag Sie ja –, könne ich mich jederzeit an ihn wenden, er kümmere sich dann darum. Er werde die entsprechenden Weisungen an die Kollegen unten weitergeben.

Wo er jetzt noch sitzt – unten.

Wir saßen in seinem Büro im ersten Stock, unten war die Schalterhalle, und über ihm gab es nur noch den zweiten Stock, dann kam das Dach.

163

Prinz Vogelfrei. Seltsam ist sein Gang, die Füße laufen in einem anderen Takt als seine Beine, die Schultern starr und steif, ziehn den Kopf auf sich herab wie zum Ausruhn. Er findet keine Ruh. Immer ist etwas anzufassen, umzustellen, sauberzumachen. Hundehaare. Überall. Mit dem Staubsauger weiß er umzugehen wie mit seinen Hunden und Kindern. Überallhin folgen sie ihm. So ist immer Sauberkeit am Platze. Ist er ein Künstler? Er weiß es nicht so recht. Manchmal schon. Dafür lohnen die Zweifel. So ein Künstler hat ja kein Selbstvertrauen. Was mach ich da, fragt er sich und macht weiter.

164

Ich mache mir Gedanken – die Deutsche
Eisenbahn ist nicht mehr so wie sie war
Kein Rauch mehr kein Schornstein
Keine Schiebefenster keine Holzbänke
Und der Getränke und leckere Kleinigkeiten
Durch den Gang schiebende Speisewagenhilfskellner
Hatte einen heißen Topf im Gestell
In dem Wiener Würstchen schwammen

Heute geht's schneller
Aber wozu
Ist es nicht so dass die Leute gar nicht schnell genug
Zur Ruhe kommen wollen
Im bequemen Sessel Spielraum für beide Beine
Die Arme von Stützen gelenkt
Im Fenster weit zeigt sich Deutschland
So käme man ins Gespräch
Rumgehen würden die Lebenswürdigkeiten
Mitunter ein Rezept eine Erklärung
Sprechen würden sie miteinander die Menschen
Und Marx gäbe uns recht
Ab heute ist bei der Bahn allerliebst
Quantität in Qualität umgeschlagen

165

Rüm Hart, klaar Kiming. Weites Herz, klarer Horizont.
Das Herz so groß, dass ein Schiff drin wenden kann.

166

Künstle nicht! Es geht um den Eislauf von Klopstock, Zeile 34:

Künstle nicht! Stellung, wie die, lieb ich nicht,
Zeichnet dir auch Preisler nicht nach.

Dazu heißt es im Kommentar meiner alten Ausgabe: Klopstock war kein Freund von Kunststücken beim Schlittschuhlaufen. Wunderbar. Er musste ja daran denken, wie er's ins Gedicht bringt, alkmanisches oder jambisches Versmaß, interessanter als doppelter Rittberger.

Preisler war Kupferstecher und mit Klopstock befreundet.

167

Einer, der nur eine Briefmarke sammelt, die 50-Pfennig-Gustav-Heinemann-Marke der deutschen Post. Er hat schon 19 258 Stück.

Wie unbefriedigend dagegen das Sammeln der Blauen Mauritius.

168

Genau. Der Architekt konnte es nicht unterlassen, dauernd genau zu sagen. Auf jede Bemerkung der seinen Plänen lauschenden Kundschaft sagt er erst mal genau. Wie wird das Haus schlussendlich aussehen? Genau.

Man muss ein Wort in die Welt setzen wie ein Kind, sie wachsen. Genau.

Dada – kaum ein Wort zu nennen, aber sein Sinn stellte sich prompt ein.

Super. Sie betankten ihre Meinungen mit super.

Knorke. Herr Knorke, ein Kartoffelanbauer aus der Mark, der auf dem Berliner Markt über Marktpreis verkaufte.

Töfte. In Münster war alles töfte. Das Wort krümelte wie Keks. In Gelsenkirchen hatte es sich schon verkrümelt, woll.

169

Im Fernsehen, und wie. Wer auch auftritt, der Witzbold, der Ratemeister, der Politiker – sie haben noch kein Wort gesagt, da klatschen die Leute schon. Sie klatschen, sie geben sich selbst die Ohrfeigen, die sie verdient haben, weil sie so brav mitmachen.

Wer das erfunden hat, die Leute ins Studio karren oder in Säle, wo Kameras aufgebaut sind, um die Leute beim Klatschen zu filmen, wer auf die Idee gekommen ist, der hat das Fernsehen begriffen. Das ist ein Programmgestalter. Von hohen Graden. Da werden Honorare fällig, Klatschen ist auch Musik, und er ist ihr Komponist.

170

In der Nacht ein dickes Tier im Zimmer. Körper eines Walfischs, aber mit Beinen. Ich sitz in der Ecke und schwitze vor Angst. Langsam geht die Luft aus. Ich versuche, das Tier mit Schmeicheleien zu vertreiben. Ja, du Armes, hast dich verlaufen, das kriegen wir schon wieder hin … Bis mir klar wird, dass es nicht durch die Tür kann.

171

Straßenkreuzung in Bonndorf. Eine Straße kommt von Lenzkirch und eine von Schaffhausen, die vom Schluchsee stößt darauf. Gegenüber liegt die Wirtschaft Germania. Geplagt vom Verkehrslärm. Daneben ein Café, vor dem viele anscheinend gern sitzen, um dem Straßengeschehen zuzusehen. Es ist einiges los. Dauernd kommen Autos und dramatische Motorradkolonnen, Gemütlichkeitsfahrer wie Todestänzer, mit und ohne Schalldämpfer.

Es liegt an dem Platz noch die Schule, die sehr groß ist und über deren Eingang steht: *Schule*. Das stammt aus einer Zeit, in der vieles einfacher schien.

An der Einmündung der Straße vom Schluchsee ist ein kleiner Park mit Kapelle, die ehemalige Schlosskapelle, man hat sie um 1830 hierher versetzt, in ihre prächtigen Quadersteine sind Nummern und Handwerkerzinken eingehauen, noch vom Wiederaufbau her. Sieht gut aus. Leider kam man nicht rein, die Tür ist abgeschlossen.

Wir sehen noch eine Weile den ankommenden Motorrädern zu. Die Menschen darauf wie Käfer. Auf dem Soziussitz manchmal eine zarte Insektin in schillerndem Panzer.

172

SM-Party auf dem Bodensee. Zweihundert in Lack, Leder und Gummi gegürtete und geschnürte, mit Ketten behangene, tätowierte, auch an delikaten Stellen gepiercte Gleichgesinnte an Bord. Der Kapitän und sein Maschinist in Berufsuniform. Auffällig ein Paar, sie älter, überaus mager, in engem Lederbustier, aus dem bemalte Brüste baumeln, dazu rote Lackhöschen, hohe Schnürstiefel mit Stilettoabsätzen. Am Gürtel mit Karabinerhaken befestigt eine Kette, daran ein dicklicher junger Mann in einem plüschenen rosa Hasenkostüm. Sein Kopf ist eingerahmt von zwei langen steifen Hasenohren.

Der Kapitän erhält von der Seepolizei eine Bombendrohung mit der Weisung, sofort eine Landestelle anzulaufen, die Passagiere zu evakuieren und das Eintreffen eines Sonderkommandos abzuwarten.

Als das Schiff anlegt, ist die Polizei schon da. Die Passagiere werden zügig ans Ufer getrieben. Inzwischen hat das Sirenengeheul Schaulustige vom Campingplatz angelockt. Sie starren entsetzt auf die bunte Schar. Dadurch verstärkt sich das Zusammengehörigkeitsgefühl der Partyleute. Einige sind amüsiert, andere reagieren unsicher bis verstört und hysterisch.

Je länger die Untersuchung des Schiffes dauert, umso

mehr verschlechtert sich die Stimmung. Die Partygäste werden stiller. Einige frieren arg. Die alte Dame mit dem bleichen Jungen an der Kette bekommt immer mehr Aufmerksamkeit. Man flüstert. Steckt im rosa Hasenkostüm nicht vielleicht die Bombe? Soll man die Polizei informieren?

Als einige Partygäste dem Dicken – mit der nötigen Sorgfalt – das Hasenkostüm herunterziehen wollen, erfolgt auf dem Schiff eine Explosion.

173

»InsKino«. *Amarcord.* Früher hieß das Kino »Wilder Mann«, heute »InsKino«. Der Film passte wunderbar in dieses von esoterischen Fundamentalisten heimgesuchte Dorf.

R. wagte es, nach dem früher aus Hunderten von Hufeisen aufgeschichteten Turm zu fragen. Uns hatte er immer sehr gefallen. Die Frau im Kassenraum redete von magnetischen Beeinflussungen, den verheerenden Strahlungen und nachweislichen Blitzanziehungen … Die Hufeisen schienen in den Verstand der Inser eingeschlagen zu haben. Sie machen da eine elend lange Pause in der Vorführung, für den Zwangskonsum. R. nahm sich ein Schoggistängeli, die meisten der wenigen Gäste trotz der Kälte ein Eis. Ich habe im Film oft gelacht, und die erinnerungsselige Musik von Nino Rota versetzte uns in beste Stimmung.

174

Etwa zwei Stunden las ich ein in der Hütte eingestelltes Buch aus dem Berner Müller-Verlag über Frau Pinkerton, die mit ihrem Mann und nach einer Weile mit ihrer gemeinsamen Tochter drei Jahre im Norden Kanadas in einer selbstgebauten Blockhütte gelebt und in optimistischer Weise davon berichtet hat, beeinflusst von Walden und im vornehmlich heiteren Stil von *Das Beste*. Eindringlich aber die Schilderungen ihrer Schlittenhunde, ihre Rauflust und andere Eigenarten. Und erschütternd die Geschichte eines achtzehnjährigen Indianers, der bei ihnen nach einer zweitägigen Schlittenfahrt auftaucht und Pelze gegen Milch für sein Kind tauschen will, weil die sechzehnjährige Mutter keine geben kann. Die Pinkertons versuchen, ihn mit der amerikanischen Kindernahrung vertraut zu machen, erklären ihm den Sterilisationsapparat – er versteht alles nicht. Für den Rückweg wird er wieder mindestens zwei Tage brauchen …

175

Scheidung kostet. Heinz muss seiner Frau monatlich sechstausend zahlen. Den Luxus hat er ihr andressiert, das hat ihn mal angemacht, Pelz, Parfüm, Perlen und den halben Tag im Bett liegen und die Geschlechtsteile salben. Thomas hat auch Geld lassen müssen, weil seine Frau sich jeden Beischlaf bezahlen ließ, und die Extras obendrein – was plötzlich alles Extras waren –, aber Thomas hat es erregt, und einfallsreich ersann er neue Extras und diskutierte mit seiner Frau die Preise. Zum Schluss waren es drei Pelzmäntel und eine Eigentumswohnung in St. Moritz. Wenn er die betreten wollte, wurde es richtig teuer, aber er hatte auch was davon.

176

Ich erinnere mich, Karlsruherisch: Es gedenkt mir … mir gedenkt noch gut …

177

Bismarck, *Gedanken und Erinnerungen*. Als Adenauer sein Buch vorstellte, sagte er, ich habe es nur Erinnerungen genannt, Gedanken sollen sich die Leser machen.

178

Marktplatz. Weißhaariger untersetzter Mann, etwa 65, steigt aus einem 100 000-Euro-Auto aus, sieht sich um, aha, das Schloss und die Kirche sowieso. Eine weißgekleidete Frau, leichter Pullunder, lange, weite Hosen, Sandaletten mit hohen goldenen Absätzen, vielleicht noch keine 60, hebt sich vom Beifahrersitz, nimmt dann von sich auftrittsgerecht Besitz – da ist am Busen zu rütteln, die Hose am Po zu glätten. Dann tritt sie auf Mann zu, greift seine Hand, sie gehen. Er hat ein kurzärmeliges Hemd und bis zum Knie gekürzte Hosen an. Er löst sich von ihrer Hand und geht zur ersten Kirchentür. Sie schlendert langsam weiter. Die erste Kirchentür ist geschlossen, er zeigt zur zweiten. Die Frau ist nicht sonderlich interessiert. Er geht zur zweiten Kirchentür, sie bleibt stehen, schlendert, als er nicht gleich zurückkommt, weiter. Es ist hier unangenehm zu gehen über die unregelmäßigen, manchmal handbreit aufragenden Pflastersteine. Sie muss dauernd auf die Füße blicken. Doch er kommt zurück, und sie kann ihm wieder die Hand reichen. So geht sie sicherer. Aber was für ein Einfall, hier auszusteigen, nur weil ein Parkplatz frei war. Will er etwa zum Schloss hinauf? Er hat einen eigentümlich watschelnden Gang, dazu extrem breitbeinig, als müsste er um etwas herumgehen.

179

Diese Glocken. Die Arbeitszeit dieser Glocken ist von 8.15 bis 22 Uhr. Viertel nach 8 macht die hellere Bäm, die dunklere Bam. Um 22 Uhr macht die Vorglocke viermal Bäm, die Nachglocke viermal Bam, dann die Vorglocke zehnmal Bäm und die Nachglocke zehnmal Bam. Dann ist Nachtruhe. Am Abend kann es vorkommen, dass der Ton der Vorglocke wie Bim klingt und die Nachglocke wie Bum. Aber selten. Es kommt auf das Wetter an.

180

Ein korpulenter und eher kleiner Russe betritt den Laden eines Herrenausstatters. Er prüft die Anzüge, die in zwei Reihen auf Stangen hängen. Dann winkt er dem Verkäufer. Er möge ihm die zwei Reihen Anzüge einpacken. Der Verkäufer, verdutzt, bemerkt, dass die Anzüge nicht unbedingt seine Größe seien. Na und, sagt der Russe, meinen Sie, wir hätten in Russland keine Schneider.

181

Er komme kaum noch in sein Trikot. Die Motivation fehle. Seine Frau mache jetzt auch schon Witze. Überall nur Doping. Er aber doch nicht. Als er mit der Tony-Rominger-Gruppe durch die Alpen gezogen sei, die Plausch-Tour, da hätte sich ein Schweizer an seinem Tisch morgens schon einen Cocktail aus Cortison und Optalidon reingezogen, ob er auch einen Schluck wolle? Nee, hätte er gesagt, wieso. Da kommst besser den Berg hoch, hätte der Schweizer gesagt. Komm ich auch so, hätte er geantwortet. Und der Schweizer hätte so gelacht, wie es nur Schweizer können, wie ein Geröllabgang in den Bergen.

182

Am Hang standen Kühe. Der Klang ihrer Gedanken beseelte das Tal. Gut, es klangen ihre Glocken, sie bespielten das Tal, aber ich glaube, sie drücken auch ihre Gedanken aus. Was ihnen durch den Kopf geht, klingt aus den Glocken. Pflichterfüllung und Meditation. Sie sind begabte Träumer, wissen aber auch, was notwendig ist. Tragen im Leib eine Fabrik, spezialisiert auf Farbaustausch und Produktverfeinerung. Es ist ja bei ihnen alles auf Verwandlung ausgerichtet. Diese komplizierten Programme in ihrer Leibfabrik, ich will sie nicht begreifen, ich will nicht erklären können, wie aus Gras diese Milch entsteht, aber an ihren Augen kann ich mich nicht sattsehen, sie erscheinen mir göttlich. Es sind die Augen Gottes. Gott betrachtet Mensch und Wiese, Tier und Strauch durch die Augen der Kühe.

183

Mach wast chasch, dert wot bisch, mit dem wot hesch.

Über die belegte Tatsache, dass die Täufer im Alten Bern verfolgt, vertrieben, enteignet, eingekerkert, gefoltert und gehängt wurden, sagte der Präsident der Burgergemeinde Bern today, aus heutiger Sicht sei das Verhalten der damaligen Obrigkeit nicht nur völlig unverständlich, sondern auch klar abzulehnen und zu verurteilen.

184

Brockenstube Adelboden. Penibelst sauber und das wertloseste Zeug bestens geordnet und ausgepreist. Fanden drei tiefe Teller, Langenthal, mit geheimnisvollen blauen Zinken auf dem Rand, und eine rote Schuhcreme. Schön war eine Schublade mit unterschiedlichsten Knöpfen. Bei den Büchern stand ein Richartz, *Tod den Ärtzten*. Gutes Buch.

185

Ich bilde mir ein, gestern so leicht wie noch nie die Schlossstraße hochgestrampelt zu sein, das ist ja ein schwieriges Pflaster, es kann nur an den Drogen liegen, die der Herzpatient täglich zu futtern hat. Auch über die Wiesen zum Wald, die Straße zum Alten Schloss und die Steigung nach Ebersteinburg ging es atmungsleicht. Der Rest war ein Vergnügen. Man muss ordentlich krank sein, um Spaß am Leben zu haben.

186

Von einem jungdeutschen Meisterfilm sah ich leider nur den Schluss. Willst du ficken, fragt die Frau einen Passanten in der Nacht. Der will schon, aber gemütlich zu Hause. Hier, sagt die Frau, lehnt sich an die Hausmauer. Ist ja nix, fühlt sie bei ihm, befeuchtet ihre Hand und führt sie aus dem Bild. Zwischenschnitt, der Mann will ein Kondom anlegen. Ich will das nicht, sagt sie. Der Mann rammelt also, das Gesicht der Frau scheuert an der Hauswand mit Regenrinne. Das dauert. Es ist grausam zu sehen. Spritz jetzt, sagt sie. Danach kümmert sie sich nicht weiter um ihn, vielleicht sagt sie noch, hau ab, und geht weiter durch die Nacht.

187

Sicherheitsgewinn Halmflur Flurschaden Seligkeitserinnerung Schlummerfrist Blumenwolke Duftgesang … Kein Mangel an schönen Wörtern.

188

Leuchtmittelstift 20 Watt bei Meyer Willi, der originellste Geschäftsmann Baden-Badens, also kein Badener. *Bin gleich wieder da* hängt an der Tür, wenn er auf der Toilette ist. Inmitten seiner Dinge. Empfang an der Theke, vor der sich bald die Kunden stauen, denn hier geht kein Leuchtmittelstift 20 Watt für Sololampe oder Kabelstecker mit 2, 3 oder 5 Polen über dieselbe ohne zweckbezügliche Ansichten und Scherze, wie sie in Köln und im Ruhrgebiet zu hören sind. Bei Willi Meyer kommen sie wie Stromstöße. Man geht durch diese scheinbar vom Stromkreislauf abgekoppelten Straßen, sieht Menschen, denen schon längst der Stecker gezogen worden ist, und nach Betreten des Elektro-Meyer-Ladens gerät man unter Strom.

189

Früher wollte man als Sohn einer beschädigten Nachkriegsfamilie sein wie Jesus Christus oder wie Che, sagte Stützrad, und wenn man älter wurde, hielt man sich an Casanova und Goethe. Heute wollen sie alle Grün sein und bleiben grün bis ins Grab.

Das haben Sie famos gesagt, sagte Buttermilch, das gehört ins DAphA.*

Früher war Saufen für den Frieden angesagt, heute gegen den Klimawandel, sagte Stützrad. Er wollte schon wieder ins DAphA.

Gut angedacht, sagte Buttermilch, wie Jünger.

Großer Andenker, sagte Stützrad, denkt alles an.

Das liegt dem Deutenden ob, sagte Buttermilch. Wussten Sie, dass das Wort auch von ihm stammt, An-denken?

Wusste Stützrad wieder nicht. Woher auch. Hatte Buttermilch grad erst zufällig gelesen.

Sinn und Bedeutung, sagte Buttermilch, eine Broschüre vom Flohmarkt.

Entweder Stundenbücher oder Jünger, findest du so geballt nur im Badischen, sagte Stützrad.

Das An-denken wird nicht von der Schwere der Ge-

* DAphA. Deutsches Aphorismenarchiv Hattingen.

wichte gefesselt, sagte Buttermilch, wie das Denken, das eine Lösung sucht, meint Jünger, sondern vom Tanz der schwingenden Waagschalen.

Eijeijei, sagte Stützrad.

Man redet heute viel von feindlicher Übernahme. Ich bin ein Anhänger der freundlichen Übernahme. Brecht fand, der Überfall einer Bank relativiere sich angesichts der Gründung einer Bank. Ich bin für Freundlichkeit bei Übernahme einer Bank.

Ich habe meine Bank auf diese freundliche Übernahme sorgfältig vorbereitet. Mein Plan war, die Bank zuerst durch meinen Sohn freundlich zu übernehmen. Seit seinen Kindertagen bereitete ich meine Bank auf die freundliche Übernahme durch ihn vor. Ich erwähnte seine Bankkompetenz bei jedem Schalterkontakt. Mein Sohn hat alles nachgerechnet – stimmt, sagte ich, bloß hält mein Sohn Ihren Überziehungskredit für zu niedrig verzinst, statt vierzehneinhalb Prozent, die Sie verlangen, empfiehlt er Ihnen, fünfzehn zu nehmen. Er war also eine eingeführte Größe, als ich ihn meiner Bank zwecks späterer Übernahme als Lehrling empfahl. Das Bewerbungsgespräch verlief prächtig, er hätte den Lehrvertrag sofort unterschreiben können, zierte sich aber. Das Rasierwasser des Abteilungsleiters passte ihm nicht. Sobald die Bank in unserem Besitz sei, könne der Mann doch versetzt werden, schlug ich vor.

191

Schau dir ihre Hände an, hatte ihre Mutter sie gewarnt, zuerst die Hände, und frage dich, ob sie dich berühren könnten, ohne dass du dich ekelst. Du musst sie an den intimsten Stellen ertragen können. Achte auf ihre Hände!

192

Erledigungswut. Ich habe ein Rudergerät, einen Trockentrainingssitz mit Ruderstummeln, gebaut 1950, von Regula bekommen, wunderbares Ding. Ein Bolzen war mal gebrochen, und es dauerte, bis ich Dreher fand, den Schmied, der es mir schweißte. Als ich es abholte, war ich so gerührt, dass ich ihm aus dem nahen Aldi einen Champagner mitbrachte. Benutzt habe ich das Ding, das unterm Dach in einer niedrigen Kammer steht, nicht so oft, wie ich es mir vorgenommen hatte. Ich vergaß es manchmal für Wochen. Allerdings zu Zeiten, in denen ich eine Ausfahrt vorhatte, zum Warmmachen regelmäßig. Ich zog dann hundert bis zweihundertfünfzig mal die Ruder auf dem hin- und herwetzenden Sitz, zählte die Schläge, starrte geradeaus aus dem kleinen Fenster auf den Hang des Schlossbergs, sah mal einen Raben, mal ein Eichhörnchen in den – von Horst Krüger als edel bezeichneten – Koniferen, meist schien ja die Sonne für die geplante Radfahrt. Es war mir immer langweilig. Wann ist es endlich vorbei, selten genug schweiften meine Gedanken ab, wenn es gelang, ging das monotone Gerudere unbemerkt vor sich, in einer Art Erledigungswut wurden Briefe und angefangene Arbeiten abgeschlossen. Heute ruderte ich, von alldem, vom Zählen wie von der Erledigungswut befreit, über eine Glockenschlageinheit ruhig vor mich hin, sah in den Wipfeln Zweige schwanken durch das Aufsitzen von Amseln oder Krähen. Es geschah alles auftragslos, ich dachte nicht an die Gesundheit, nicht an das Vorbereiten der aufs Radfahren lauernden Muskeln, ich ruderte nur vor mich hin. Nicht, dass es ein Genuss gewesen wäre. Der hätte ja Befriedigung bedeutet. Es war anders. Eine Alterserfahrung. Ein Zufriedensein. Ich war einverstanden.

193

Im Zunfthaus zur Meisen wirft Abundantia Münzen von der Decke, Merkur schwebt mit prallem Beutel aus dem Himmel hernieder zu den Kaufleuten, die gründen eine Kasse, die werden Bank, die graben Keller unter Zürich, da liegt das Geld.

Am Anfang der Bahnhofstraße, vor dem Globus-Kaufhaus, steht auf einem Sockel Pestalozzi mit einem Knaben, Bronze grün. Pestalozzi weist mit der ausgestreckten Hand in die Tiefe der Bahnhofstraße. Er lehrt den Jungen einkaufen.

194

Peter Hille, so fein und hell die Haut wie ein Stuten, ein weißes Brot, das man in Westfalen nur am Sonntag isst. Steht da in seinem dunklen Bart unter der Friedrichshagener Boheme, die Harts, Frau Lasker-Schüler. Er ist ein kindlicher Westfale, so träumerisch wie wahr, ein seltener. Sein schönster Satz war mir immer: Der Himmel ist kein Lokal. Das hat er ernst gesagt und mahnend, dass der Himmel kein Lokal sei, dass es dort nicht drunter und drüber gehe wie hienieden, dass man sich da anständig benehmen und vor dem Eintritt sauber kleiden und die Hände waschen soll.

195

Milchmälchterli heißt in Bern ein kleiner Bottich aus Holz mit einem Tragegriff, sagt Regula. Im Emmental dagegen Miuchmächterli. Das Erste ist lieblich zu sprechen, das Zweite mit Kuhmaul.

196

Die Verbrecher werden immer verbrecherischer. Es geht ihnen gar nicht mehr so ums Auskommen. Es geht ihnen ums Verbrecherische. Nur noch das Verruchte, das noch nicht im Fernsehen gezeigte Verruchte, hat für sie Reiz. Früher wusste nur der Polizist um ihre Lüste. Heute haben die Verbrecher das ganze Publikum. Es gilt, etwas Abscheuliches abzuliefern, was noch nicht da war. Der Verbrecher wird zum Opfer der Erwartungen. Der Leistungsdruck ist enorm. Manchmal denkt er ans Aufgeben. Aber dann reizt ihn die Aufgabe doch.

197

Hat's in Corona-Zeiten schwer, der Kuss auf die Wange, der Vernissagen-Kuss, dessen Wirkungsgebiet zwischen Lippenrand und Ohrläppchen liegt und bei dem die Küssenden sich gleichsam am Mund vorbei mit den Lippen touchieren, dergestalt, dass die Backe zur Spielfläche gerät, auf der die Entfernung oder die Nähe zum Mund des anderen den Grad der Intimität bestimmt. Auch hat man, weil man die Augen offen hält, am Ohr des anderen vorbei einen guten Blick auf die anderen Besucher und kann seine Wahl treffen, wessen Wangen noch zu küssen sind. Kulturgeschichtlich ist der Vernissagenkuss abgeleitet vom Judas-Kuss und dem nomadischen Kuss, dem Bruderkuss der Beduinen, die ja bei der Begrüßung immer zu gewärtigen hatten, ob nicht hinter der nächsten Düne ein Räuber lauert, der ihnen die Kamele stehlen will.

198

Die Ehemalige. Sie war mal wichtig. Sie sprach ihre Sendungen selbst, Kunst und Kultur. Sie nuschelte, und ihr Dialekt kam aus den Sümpfen. Kein Schwein, das nicht auch aus den Sümpfen kam, konnte sie verstehen.

Es sei kränkend, dass man ihre Erfahrung nicht zu Ausbildungszwecken für die Nachwuchsschulung nutze. Als sei sie nicht gewesen. So bekam sie erst die Galle hoch, dann wurde die Leber löchrig, dann lag sie mit Gelbsucht lange, dann vertrug sie die Antibiotika nicht, dann ging's ihr ein halbes Jahr schlecht, seitdem darf sie nichts mehr trinken. Nicht mal ein Glas, sonst käme die Galle. Sie klage nicht, es sei nun mal so. Über alles weiß sie Bescheid, über alles hat sie ein Urteil, in Kunst und Kultur ist sie für sich immer noch auf Sendung.

199

Nackter Männerrücken, Hintern, Beine, zwischen gespreizten Frauenschenkeln auf Bett. Regelmäßiges Auf und Ab des Männerhinterns. Die Frauenbeine wippen nach den Stößen ein wenig, die Füße schlenkern nach. Geringes Geräusch der Inanspruchnahme des Bettes, kein Quietschen. Die Köpfe der Beteiligten sind nicht zu sehen, der Oberkörper der Frau unter dem des Mannes. Ein uninteressantes Zimmer, ein uninteressanter Vorgang. Die der Kamera zugewandte Gesäßhälfte des Mannes zeigt beim Stoßen eine Anspannung des Muskels. Ich schalte in dieses Bild, spätabends, es dauert, die Einstellung unverändert. Danach sitzt ein Mann vor einer Hütte, isst aus einem Becher, trinkt aus einem Glas und sieht geradeaus, manchmal auch zu der Straße im hinteren Bild, auf der Autos und Lastwagen fahren. Entsprechender Lärm. An der Straße ein Schild in spanischer Sprache, vielleicht für die Hütte werbend, vor der der Mann sitzt und isst und trinkt. Die Einstellung ist wie die vorige bewusst unspektakulär. Dauert. Danach sitzt ein Mann am Rande eines Schilfs oder Bambuswalds und reißt sich große Happen aus einem Fisch. Ein Mann im weißen Hemd kommt. Er trägt eine Einkaufstasche. Du bist also wieder da. Ja. Du hast deine Brüder umgebracht. Nun ja. Maria hat ein Boot für dich geschickt, du kannst es haben.

Der Mann im weißen Hemd rudert am Rande des schnell fließenden Flusses. Einmal legt er an, klettert einen Hang hoch, man hört Bienenbrummen, der Mann räuchert einen Stamm aus und holt sich Bienenwaben heraus.

Der Mann jetzt in ruhigeren Gewässern, sieht am Ufer eine Ziege. Er dreht bei und schlitzt ihr mit einer Machete die Kehle auf, reißt die Eingeweide heraus und wirft sie ins Wasser, rudert weiter.

Ein Junge mit Machete am Ufer sucht Früchte. Klettert in einen Baum und pflückt eine rote Frucht, die er isst. Mann im Boot kommt. Weißt du, wo Maria ist? Er ist sogar ihr Sohn. Führt ihn zu Hütten im Wald. Hütte von Maria ist leer. Hühner, kleine Hühner, überall.

200

Als Walser aus tiefem Traum erwachte … Walser ist nicht gut. Der Name träumt an sich schon. Und die Romane des Schriftstellers Martin Walser fangen immer mit einem aus einem Traum Erwachenden an. Ich will aber keinen Roman schreiben, sondern mitteilen, wie Walser, als er aus tiefem Traum erwachte, in Wirklichkeit träumte, dass er erwachte. Aber was heißt schon Wirklichkeit. Man denkt aber bei Walser gleich auch an Robert Walser, dem man das Träumerische als Grundstimmung seines Lebens und Schreibens nachsagt. Als Meier aus tiefem Traum erwachte … Ich kannte einen Meier, Robert Meier aus Osnabrück, der mir nicht traumfähig schien. Nun gibt es viele Meiers, wie es viele Walsers gibt, Meiers aber wohl noch mehr. Was interessiert mich Meier, wird der Leser sagen. Vor allem, wenn der Leser wüsste, dass der von mir gemeinte Meier des Träumens platterdings unfähig war. Trägt der Leser hingegen den Namen Meier, wird er sich für seinen Namensvetter naturgemäß interessieren. Einem Leser Meier wird es auch egal sein, ob sein Namensvetter aus Osnabrück ein schlechter Träumer war. Das gilt aber nicht für Leser, die nicht Meier heißen.

201

In Überlingen kam ich beim Verlassen des Bahnhofs hinter ein altes Paar zu gehen, eine in Haltung und Gangart Bescheidenheit und Zurückhaltung ausdrückende Frauengestalt einige Schritte hinter einem hinkend am Stock vorwärtsstürmenden Alten, der sie fürchterlich beschimpfte. So wüst und verachtend hatte ich noch nie einen Menschen gegen einen anderen gesehen. Ich war fasziniert. Woher nahm der Alte die Energie und die Wut, so auf seine Begleiterin einzuschimpfen? Ich folgte in geringem Abstand. Sollte ich dem Hinkenden seinen Krückstock entreißen, damit sich sein Hass von der Frau und auf mich richtete? Ich war zu sehr angezogen von seiner Schimpfkanonade, die sich ununterbrochen, unerbittlich, ordinär und obszön gegen die Frau entlud. Die zeigte keine Reaktion. Der Alte merkte, dass ich folgte. Er schaute mich über die Schulter mit einem verächtlichen Grinsen an und stürmte weiter. Die Frau glitt ihm nach in einer Art schnellem Schleichen. Warum lief sie nicht davon? Er hetzte über die Straße, die Frau in immer gleichem Abstand ihm nach. Ein Paar, dennoch. Sie erreichten den See. Ich war der Frau dicht auf den Fersen, so nah wie sie ihm. Der Alte hastete auf einen Steg, die Frau mit ihm, und ich dazu. Am Ende des Stegs hob der Mann seinen Stock gegen die Frau. Ich musste ausweichen, um nicht auch von seinen Schlägen getroffen zu werden. Die Frau ließ alles geschehen. Der Alte stieß sie ins Wasser und schrie weiter auf sie ein. Sie machte keine Anstalten, sich über Wasser zu halten. Ich rannte zu einem am Geländer befestigten Rettungsring und warf ihn ihr zu. Sie griff nicht danach. Der Alte lachte.

202

In Offenburg um den Bahnhof herum im Regen. Heruntergekommene Häuser, die Türschilder wild beschriftet oder gar nicht, russische und arabische Namen. In einem Hausflur liegt einer in bizarrer Haltung auf der Treppe. Ibrahim, les ich an der Klingel. Ein Betrunkener, ein Müder, ein Toter? Ich laufe davon, und das Bild läuft hinter mir her.

203

Ein Fingerring für Luise. Ich hörte auf dem Trödelmarkt zwei schöne Sätze. Eine Frau zeigte ihrem Mann einen Ring auf dem Tisch des Händlers und sagte: »Ein Fingerring für Luise!«

Ein anderer Händler sagte zu einer Frau, die ihm etwas hinhielt und nach dem Preis fragte: »Ach, machen Sie mir schöne Augen!«

Ein leinenes, altmodisch geschnittenes Nachthemd mit Stehkragen und verstärkten Schulterpartien, das mir für 32 Euro angeboten wurde, nahm ich leider nicht. Im Sommer angenehm kühl, so ein Leinennachthemd, das ich auch am Tisch sitzend anhaben könnte auf der nackten Haut. Dazu müsste ich meinen Körper lieben. Trotzdem Reue, es nicht gekauft zu haben.

Kaufte ein Aquarell mit einem stehenden Mann im Profil, der seinen Hut wie trauernd vor dem Schoß hielt. Brecht, *Schriften zur Literatur,* Band 2, Adorno, *Noten zur Literatur,* Bd. 3, Bichsel, *Chirugim* oder so ähnlich.

Bei Joachim Engert einen Kartoffelstampfer mit gedrechselten Buchten am Stielende. Versprach, ihn nach ihm zu benennen.

204

Wir gingen in Münster ein Stück auf der Promenade, wo die Reste des Flohmarkts für den Müll lagen, und fischten ein Bild mit zwei Schwänen. Die Liebe des schwarzen Schwans zu einem Tretboot vom Aasee ist die ergreifendste Liebesgeschichte, die man sich in Münster zu erzählen weiß. Auch im Ausland, ja, selbst in China habe man darüber berichtet. Zwei Jahre währte die Liebe, unzertrennlich waren der schwarze Schwan und das Tretboot. Bis das Tretboot davonflog.

205

Ein Gast findet die Postbotin des Dorfes begehrenswert. Sie ist jung, sie strahlt Lebensfreude und Witz aus, sie ist in ihrer Art umwerfend schön. Ihre Uniform und ihr amtliches Fahrrad mehren das Beeindruckende ihres Auftritts. Aber sein Gastgeber, Ausländer, empfängt keine Post. Der Gast treibt sich zu den Austragungszeiten im Dorf herum, um die Postbotin zu sehen. Der Gast verliebt sich, wagt es ihr nicht zu sagen. Er schreibt ein allegorisches Gedicht, *Die schöne Briefträgerin*. Darin ist sie eine Göttin. Sie transportiert Gefühle, sie stellt die Liebe zu, um sie ist Erwartung und die Hoffnung auf Erlösung. Er schreibt einen Brief an sich und legt das Gedicht ein. Wartet auf seine Zustellung. Läuft den ganzen Vormittag unruhig hinter dem Hoftor auf und ab. Sie kommt. Er reißt den Brief auf. Die Postbotin will gerade ihr Fahrrad besteigen, da ruft er, Hören Sie, was mir ein Freund aus Paris schickt, ein Gedicht auf Sie, ich habe ihm von Ihnen erzählt, er ist Dichter. *Die schöne Briefträgerin* heißt es, ich lese es Ihnen vor. Sie hört zu, die runden Arme auf das Lenkrad gestützt …

206

Durch die Verspätung des aus Berlin kommenden Zuges war von Bonn an alles dunkel, dann schwarz, hin und wieder stand ein Bahnhof an der Strecke, ermattete Lichter, verlassene Bahnsteige. Andernach stand da wie aus einer anderen Zeit, der Zug steuerte nicht einmal Mainz an, oder schlief ich da, die schräge Frau vom Fensterplatz machte immer noch den am Computer spielenden Jungen an, der ihr gegenübersaß. Er solle ihr bitte sagen, wie man diese Scheibe nenne, die er da reingeschoben habe. DVD. Aha, und dann? Drückt man auf den Knopf. Wo? Sie lag mehr als sie saß, mit einem Bein rieb sie an seinem Schienbein, das mit Knöpfen zu schließende Kleid stand bis zu den Schenkeln offen. Ich bin ja so dumm, sagte sie mit leidenschaftlicher Betonung, ich versteh das alles nicht. Sie wiederholte, ich bin ja so dumm, aber so, dass man meinen musste, sie hielte das für ihre bewundernswerteste Eigenschaft. Ich bin ja so dumm, konnte sie nicht aufhören zu sagen, es putzte ihr Gewissen wie das Reinigungsbändchen eine Radnabe. Ihr Fuß tastete sich zum Schoß des Jungen vor. Der hielt verzweifelt das Handy und drückte die Nummer von zu Hause: Mutti, hier ist eine Frau, die macht da so was. Was soll ich tun?

207

Mädchen im Mai. Herzpatient Theodor W. (Wombat) Adorno wollte in einer Buchhandlung in Bad Krozingen Prousts *Im Schatten junger Mädchenblüte* kaufen. Worauf ihm die Buchhändlerin, weil sie es nicht vorrätig hatte, ein anderes empfahl, nehmen Sie doch dieses: *Mädchen im Mai.*

208

Lebensansichten eines altgedienten Spazierstocks. Ein treuer Stock. Der treue Stock geht nicht allein. Er geht immer mit. Ohne dass ihm gepfiffen wird, steht er da, wo man ihn braucht, ruht aus, wo der Gang ins Stocken kommt, fährt in die Luft und zeigt auf eine landschaftliche Besonderheit, wenn es etwas zu bewundern gibt, und nötigt die tobenden Waldradfahrer, bei Begegnung hübsch langsam zu fahren und manierlich zu grüßen, aus Angst, dass er ihnen in die Speichen fährt, weil sie für Radfahrer verbotene Wanderwege befahren.

Der letzte zerbrach mir im Wilhelmstal, als ich von einem gefallenen Baum das blaue Rautenzeichen (Zugangsweg zum Mittelweg Pforzheim-Basel) zu lösen versuchte. Übrig blieb nur der Griffteil mit dem Abzeichen eines Hirschkopfs, ich nahm ihn mit und hängte ihn unter die Trophäen der Küchenunfälle. Blickt mich an von da oben, der Hirsch über dem gesplitterten Holz, doppelter Vorwurf, nicht ordnungsgemäße Verwendung – Missbrauch eines altgedienten Spazierstocks zur widerrechtlichen Aneignung orientierungsdienendem Schwarzwaldvereinsmaterials. Das Emailschild? Ich brachte es auch unter Einsatz des gebrochenen Stockendes – Hebelwirkung – nicht vom Stamm. Es liegt da noch am toten Baum. Ich will es aber holen gehen.

209

Obi Sinzheim. Was für eine Welt. War ich zum ersten Mal. Man sucht eine Schraube und kauft einen Packen. An der Wand hängen Klomuscheln wie Hirschgeweihe im Försterhaus. Geleimte Bretter, seltsame Tapeten, jede Art von Kleister, Farbeimer. Elemente zum Dämmen und Stützen, zum Anschrauben und Vorkleistern. Ein Kabinett des Grauens und Erschauerns. Es gibt viel zu sehen, und die Zeit vergeht. Zwei Stunden tappe ich da tapfer herum für einen Packen Nägel und eine Tackerpistole, die runtergesetzt im Regal der auf 99 endenden Kleinpreiswaren hing. Was soll ich nun tackern? Mein Blick tackert durch die Wohnung …

Mann wird gesucht. Hubschrauber. Hunde. Polizisten. Einsatzwagen. Förster. Waldgebiet nördlich von Oppenau. Da muss er sich versteckt halten, der Strolch. Ein solcher ist er. Zahlt seine Miete nicht. Hat keinen Beruf. Sammelt aber Waffen. Ein Waffennarr, sagt die Zeitung. Er soll vier Polizisten, die ihn unter die Lupe nehmen wollten, entwaffnet haben. Hände hoch. Waffen her. Ein Waffennarr, wie gesagt. Jetzt in den Wäldern. Ein Mann, der keine Angst vor Zecken hat. Polizisten entwaffnet er. Steinpilze isst er roh. In dünnen Scheiben. Salz hat er sich aus einem Bauwagen der Holzfäller gestohlen. Das streut er auf die Scheiben vom Steinpilz. Wasser gibt's da auch genug. Wenn er den Polizeihubschrauber hört, stellt er sich unter einen Felsvorsprung. Hört er Hunde, wechselt er die Richtung. Nachts fühlt er sich ein wenig einsam.

211

Kurse fallen wie Blätter
Geld schwindet wie Sommer
Untertanen müssen hören:
Ihr Fell wird für den Winter gebraucht

212

An der gehübschten Synagoge in Deidesheim vorzügliche Toilettenanlage und Schild: 1936 verkaufte die Jüdische Gemeinde die Synagoge, die fortan als Lagerraum und Garage benutzt wurde, so dass sie im November 39 (Pogromnacht) auch nicht zerstört wurde.

213

Der Sozialismus, ja, der Sozialismus, seufzte er, das ist Vorderbrust, Kapitalismus ist Hinterrücks. Schade, dass man für Vorderbrust ein guter Mensch sein muss. Den Mehrwert der Arbeit allen zuteilwerden lassen, vernünftig anlegen, dass er allen zugutekommt, ach, ich müsste ein anderer Mensch werden. Dafür ist es zu spät. Ich hab mich an das Tricksen und Täuschen gewöhnt. Das war nicht einfach zu erlernen. Als Jugendlicher war ich beinah auch Sozialist. Als Jugendlicher ist jeder, der was in der Birne hat, Sozialist oder Kommunist oder Christ. Später hat man keine Zeit mehr dafür. So viel Aufwand, um gut im Tricksen und Täuschen zu werden. Da hat es der Sozialist einfacher, er bleibt sich einfach treu, liebt alle und jeden und die Gerechtigkeit dazu. Die wahre Verschwendung. Unsereins muss knausern und rempeln, um über die Runden zu kommen, die Vorderbrusts können trotz geringerer Altersversorgung wenigstens träumen. Den Hinterrücks haben die Verhältnisse die Träume genommen.

214

Ach, Gräfin, was haben Sie für rote Hände? In kindlicher Direktheit der 72-jährige Autor zu seiner Nachbarin zur Rechten. Das ist die Durchblutung, sagt sie bei röter werdendem Gesicht, stemmt die Ellenbogen auf den Tisch und fächert mit den Fingern nach Luft. Man hat ja kein Personal mehr, muss alles allein machen, scherzt sie, aber, mein Gott, denkt sie, was für ein Trampel, das zu sagen, was einerseits jeder sehn kann und andererseits nicht öffentlich zu äußern erlaubt ist. Aber so sind die Berliner.

215

Die Jungen sehen alles, wissen wenig, die Alten sehen kaum noch, aber wissen eins: Augenblick um Augenblick – das ist die Welt! Immerhin kriecht da ein Käfer, liegt dort ein bizarrer Stein, hier droht ein sinkendes Gefühl und da ein Honigstock, dort steht ein Schopftintling (Tintenschopfling) und da – endlich das Wirtshaus und das Wissen: Bratkartoffeln, Bier, aber ein großes, bitte. Denn wirklich gehört uns nur, was wir genießen!

216

Anna im See. Jeden Tag. Wenn es Winter ist, nur eine kleine Runde. Aber immer bringt sie etwas mit. Eine Glasscherbe, einen schön geformten Kiesel, den Quast eines angeschwemmten Taus, eine Muschelschale. Die Dinge verknüpft sie zu Ketten, Armreifen oder fügt sie zu kleinen Erinnerungsschachteln. Man kann das alles auch an die Wand hängen, zum Schönausschauen. Der Pfarrer des Orts, nur einige Meter seeaufwärts, geht auch jeden Tag ins Wasser, macht immer hundert Stöße in den See, dann auf geradem Weg zurück. Anna und der Pfarrer begegnen sich nie. Nicht im See, nicht in der Kirche. Anna geht nie in die Kirche. Da ist ihr unheimlich. Diese Lieder, diese Sprache, diese Strenge. Und die Leute aus dem Ort, sie wünschen sich immer mehr, alles soll noch günstiger für sie ausfallen, auch die Rente. Sie füllen Lottoscheine aus. Anna würde nie wetten, sie wüsste ja gar nicht, was sie mit dem Gewinn anstellen sollte.

217

Der Analytiker deutet Hitchcocks berühmtes Psycho-Haus auf dem Hügel hinter den Hotel-Bungalows. Der erste Stock ist das Über-Ich, wo der Geist der ewig fordernden, in ihren obszönen Wünschen niemals zu befriedigenden, ihren Sohn Norman verhöhnenden Mutter wohnt; im Erdgeschoss residiert das Ich, der Anschein der Normalität; und im Keller schließlich das Es, das Reservoir der Triebe … Wenn Norman die Mumie seiner Mutter aus dem ersten Stock in den Keller trägt, ist es so, als ob er sie als psychische Instanz in seinem Kopf vom Über-Ich ins Es versetzt.

Und erst die Verbindungswege, die Treppen, und die jagenden Wolken über dem Haus – das ist das Wilde Heer.

218

Küsse essen. Kann jedes Kind.

219

Ich hörte das Wort nie vorher. An einer Grenze benutzte es der Zöllner, der unsere Namen und die Summe des mitgeführten Geldes notierte, auf meine Frage nach dem Verbleib dieses Wissens. Das ginge an das Zollamt meines Heimatlandes, das wohl etwas damit anzufangen wisse. Und für sie, womit er sein eigenes Amt meinte, gäbe es dafür Suppenwechsel. Ich fasste das Wort so auf, dass wohl eine Hand die andere wasche, dass die Registrierung eines Reisenden der einen wie der anderen Grenze diene und dass die empfangende Grenze sich bei der gebenden mit Suppe bedanke. Um mich an dieser Schenkungsaktion beteiligen zu können, verwandelte ich mich daraufhin in Suppe, die in meinen Traum schwappte.

Viele Dörfer bauen jetzt an ihren Eingängen Barrieren aus Kürbissen auf. Man kann dran vorbeifahren, muss dann aber wohl anständigerweise im Dorf bei diesem oder jenem Erzeuger Kürbis kaufen. Es gibt auch viele in Heimarbeit geschaffene Spezialitäten wie Kürbiscreme, Kürbiskernöl (gesund), Kürbisschokolade, Kürbismarmelade, Kürbisbonbons … alle diese Artikel schmecken, falls sie essbar sind, scheußlich nach Kürbis, genau so wie die in diesen Dörfern als Spezialität gereichte Kürbissuppe. Das Spezielle der Spezialität liegt in den Zutaten, Gewürze zum Beispiel, aber auch Fleisch oder Fisch. Kürbiscremesuppe mit Winterkabeljau oder geräuchertem Aal oder Lachs, Brathering oder Königsberger Klops. Der Fantasie sind keine Grenzen gesetzt, auch wenn wie in der Pfalz oder in Baden die Grenze nicht weit ist. Überhaupt scheint der Kürbis die Fantasien unmäßig anzubrodeln. Wenn man aus diesen Dörfern ohne eine Kürbissuppe gegessen oder eine Kürbisspezialität gekauft zu haben, wieder rauskommt und frei atmen kann, hat man verdammt Glück gehabt.

221

Der Doubs braucht 453 Kilometer für seine neunzig Kilometer Luftlinie, von Mouthe bis Verdun-sur-le-Doubs.

Doubs kommt von keltisch *dub* und bedeutet schwarz (der Doubs aus dem Jura führt ein dunkleres Wasser als die aus den Vogesen kommende Saône, in die der Doubs bei Verdun-sur-le-Doubs mündet).

Kann aber auch von lateinisch *dubius* kommen – unentschlossen. Kann man wohl sagen, 453 km für 90 km, dubios vermoselt.

222

Mörikes Verwirrung. Eine Schweizerin und Kellnerin. Das erste Mal, dass ein Weib in seinen Gesichtskreis trat. Eine Kellnerin aus Schaffhausen. In Tübingen. Als die elementare Leidenschaft mit einem Mal über den jungen Mann kam und das so schön erhaltene Gleichgewicht seiner harmonischen Seele erschütterte. Sie hieß Maria Meyer. Eine Auftrittskünstlerin mit Tablett. Als Zigeunerin drang sie in *Maler Nolten* vor, als Irrsal in den *Peregrina* genannten Gedichtzyklus.

Ein Irrsal kam in die Mondscheingärten
Einer einst heiligen Liebe.
Schaudernd entdeckt ich verjährten Betrug.
Und mit weinendem Blick, doch grausam,
Hieß ich das schlanke,
Zauberhafte Mädchen
Ferne gehen von mir.

Kellnerin auf der St. Petersinsel im Bielersee. Eine Deutsche aus den oberen neuen Ländern. Sie sagte nach jeder Bestellung jawoll, mochte diese noch so schweizerisch sein. Einmal Fischkörbli – jawoll, eine Stange Hell – jawoll!

223

Überhaupt scheint sich des Schweizers Sinn für Schönheit an der Höhe der Berge zu messen.

224

Unterm Fenster schlagen sich zwei schwarzgekleidete Jugendliche mit Hochfrisuren. Ich schneide gerade Minze, Bohnenkraut und Thymian aus meinem Fensterbeet und sehe den Fäusten zu, die an die Köpfe klatschen. Es muss verdammt weh tun. Ein Mädchen mit Strickmütze bis über die Ohren springt hinzu und drückt sie auseinander. Die Kontrahenten kämpfen jetzt verbal. Ich höre Schwanz, immer wieder was mit Schwanz, der eine hat den andern als eine mir nicht verständliche Sorte Schwanz beschimpft. Eine Gruppe gleichgekleideter und frisierter Jungs kommt und postiert sich um die Streiter. Das Beleidigungsmaterial, das ihnen zufliegt, wird geschickt aufgefangen und gewissenhaft sortiert. Lange Debatten. Es geht um Gerechtigkeit, kein leichtes Thema. Das Mädchen immer inmitten, eine Königin.

225

Was steht denn da, frage ich eine Russin in der Kunsthalle. Wir stehen vor der Vitrine mit den Tellern aus der stürmischen Kulturzeit der frühen Sowjetunion, um den Rand des Tellers läuft ein Spruchband. Wissen erleichtert die Arbeit, sagt sie, das ist von Lenin.

226

Constanze aus Flensburg weint jeden Tag, weil es hier kein Meer gibt. Das Meer fehlt mir. Ohne Meer kann ich nicht atmen. Sie kennt Emmy Hennings nicht, ist selbst eine. Ein Weibchen, das sich nimmt und gibt, es ist kein Unterschied dabei.

227

Mit dem Tod kommt der Traum, der anhält. Die Träume zu Lebzeiten greifen dem Tod voraus, sie sind Gestaltungen des Danach.

228

Zukunft der Mammutbäume

Die Internationalen Mammutbaumfreunde e. V.
Trafen sich zu ihrem 4. Kongress in Baden-Baden
Und pflanzten am Fuß der Engelswiese
ein Mammutbäumchen, ganz klein

Mit einem Gerüst drumherum
Zum Schutz vor Mensch und Tier
Damit sie es nicht zu Tode pissen

229

Ich sehe fern. Eine Schamanin in der Jurte singt und brummt, vor ihr sitzen kleine und größere Mongolen. Eine hat einen guten klugen Kopf, eine Schönheit. Mongolische Reiter mit Lastpferden, die Schwanz an Schwanz gebunden sind, durchwaten einen angeschwollenen Bergbach. Ich suche nach dem Fußballspiel Hoffingen–Bayern München. Woanders sind wir in Tibet bei Kamelzüchtern. Wie sie ein Kamel scheren. Erst binden sie die Beine zusammen, legen einen Maulkorb an, dann schmeißen sie's um, dann gehen sie mit Scheren ans Fell, fünf Kilo. Textilmaschine nördlich von Mailand schäumt und schnurrt und lässt ein Endlosband Kamelhaar heraus. Der Tibeter tritt zu seiner Frau, die käst, ins Zelt und zündet Rauchopfer an. In Mailand betritt eine Dame einen Modeladen und probiert einen Kamelhaarmantel an. Der Tibeter sitzt mit seinem Enkel zwischen den Höckern auf einem Kamel, das einen Anhänger mit Tonne zieht. Sie erreichen ein Wasserloch. Die Verkäuferin im Modeladen spricht in die Kamera über die Eigenschaften des Kamelhaarmantels, seine Zeitlosigkeit, seine Leichtigkeit. Der tibetanische Großvater schöpft mit einem Plastiksack Wasser und kippt es in die Tonne. Das Kind steht neben dem Kamel. Sie schauen zu. Im Maschinensaal der Textilfabrik spricht der Direktor über die Tradition der

Kamelhaarmantelherstellung in seiner Firma. Ich zappe weiter, auf der Suche nach dem Fußballspiel. Die Humphries Singers hüpfen und singen. Einzelne Sänger sprechen über ihre große Zeit, 72 bis 76. Das Geld, jeden Abend fünfhundert Mark, cash. Keiner konnte sich vorstellen, wie viel Geld Les Humphries verdiente, setzte in der Zeit vierzig Millionen um. Wie schlank sie waren, als sie hüpften und sangen, in ihrer Hippiekleidung. Wie die Mädchen die Bühne stürmten und sich den Sängern aufdrängten. Was Les für ein unnahbarer Kerl war, wie er das Geld einsackte, komisch wurde, trank. Noch mehr trank sein Mitdichter und -komponist Jimmy, der im Elend starb. Einmal schlug Les mit der Faust in den Jimmy, dass der durchs Fenster kippte. Kam aber wieder rein und soff weiter mit Les. Fußballspiel kam nicht, war im Bezahlsender.

230

»Dasch e Gueti, die chame bruuche«, die Saaltochter Regula, man möchte sie am liebsten grad »hei näh und verruume«.

231

Heinrich und Lambert sagen sich was. Dir gefällt ja alles, sagt Lambert. So etwas Vernichtendes hat Lambert noch nie zu Heinrich gesagt. Sag das noch mal, sagt Heinrich mit einer Stimme, in der das Unheil schwingt. Stimmt doch, sagt Lambert. Arschloch, sagt Heinrich. Sie sitzen in einem dreihundert Jahre alten Lokal in der Stuttgarter Innenstadt. Noch ist das Lokal gut gefüllt. An ihrem Tisch sitzen ein Bayer und eine Schwäbin, die sich über eine Heiratsanzeige kennengelernt haben. Ihr erstes Treffen. Von Heirat ist noch nicht die Rede. Aber von einem Schiff, das dem Bayern auf einem bayrischen See als Eigentum zur Verfügung steht. Das findet die Schwäbin aufregend. Wie viel Knoten und Kabinen und Kajüten und Klabautermänner sind auf dem Schiff, will die Schwäbin wissen. Der Bayer kann jetzt nicht mehr antworten, es ist zu laut geworden am Tisch, Heinrich ist aufgestanden, und Lambert hat sich erhoben, und sie bringen ihre Köpfe zueinander, stoßen sich und schreien rücksichtslos ihre Kampfbereitschaftsabsichten heraus. Der Bayer und die Schwäbin verharren am Tisch, schweigend und eingeschüchtert. Die anderen Gäste haben sich bis zur Tür zurückgezogen. Heinrich und Lambert haben sich nichts Neues zu sagen, aber das schon Gesagte in neuen Variationen, immer lauter. Aber irgendwann auch nicht mehr. Sie setzen sich wieder und bestellen erneut zu trinken. Die Gäste kehren an ihre Tische zurück, der Bayer sagt zur Schwäbin, Knoten sind nicht an Bord. Knoten schwimmen am Strick im Wasser. Je mehr auftauchen, desto schneller das Boot.

232

Er spielt so kleine Stücke, der Pianist der Pianobar, kleine melodische Häppchen, die er zu einem Menü bindet.

Es hört und hört nicht auf.

Otto Jägersberg im Diogenes Verlag

Weihrauch und Pumpernickel

Ein westpfählisches Sittenbild

Ein Coming-of-Age-Roman aus Westfalen: Georg, noch während des Zweiten Weltkriegs geboren, wächst auf in einer ländlichen Welt mit schrulligen Originalen, handfestem Essen und kerniger Doppelmoral. Er lernt und verliebt sich und malocht und schreibt und fühlt eine Sehnsucht nach der Großstadt in sich heranreifen. Ein scharf beobachteter Heimat- und Schelmenroman in einer deftigen und sinnlichen Sprache. Ein rasantes Debüt, das bei seinem Erscheinen 1964 Furore machte.

»Das ist nun wirklich ein guter junger Schriftsteller, frech und gottesfürchtig. Ich gratuliere Ihnen zu diesem Fund! Leute, bei denen man nicht lachen muss, sondern lachen kann, sind ja äußerst selten.«
Alfred Andersch

»Das Buch des jungen Autors hat viele Vorzüge: zahlreiche prächtige Sonderlinge, ironische Zeitnähe und deftige Sprachkraft.« *Erich Kästner*

Keine zehn Pferde

Gedichte

Zwischen Kneipe und Lotterbett
zerren sie an dir herum
die zehn Pferde des Sprichworts
aber du weichst nicht …

Ein Mann hat drei Brillen, nie sind sie zur Hand, wenn er sie braucht. Eigentlich sollten sie auf dem Tisch liegen. *Manchmal such ich herum / drei Brillen auf der Nase / wo ist der Tisch.* So kann es gehen in den Gedichten von Otto Jägersberg.

Der Dichter selbst hat auch drei Brillen. Eine für das Nahe, das er so dicht heranholt, dass es auf einmal fremd und neu wirkt. Eine für die Ferne, wohin seine Sehnsucht schweift. Und eine für das Komische, das er im Zusammenprall von Hehrem und Bodenständigem überall entdeckt.

»Jägersberg ist imstande zu beweisen, dass selbst die Lyrik, die subtilste und feinnervigste der drei klassischen Gattungen, eine Angelegenheit für die Lachmuskeln und das Zwerchfell sein kann.«
Jochen Kelter / Stuttgarter Zeitung

»Der Lyriker Jägersberg ist ein Geheimtipp.«
Gunhild Kübler / Neue Zürcher Zeitung

Der Herr der Regeln

Roman

Der Glaube an das Glück erfordert täglichen Kampf. In einer deutschen Kleinstadt sitzen drei Männer beim Spiel. Aus der Gewohnheit entstehen Freundschaften. Im Hintergrund ihrer Familien erziehen, singen und philosophieren die Frauen. Die Männer mischen die Karten. Die Regeln sichern den tiefen Frieden. Bis der Tag der Abrechnung naht. Ein Buch von der Liebe, vom Tod und von den Spielregeln.

»Otto Jägersberg hat einen Roman über den Abgrund im Bürger geschrieben, der als Sprachkunstwerk fasziniert und als Diagnose bundesdeutscher Realität beunruhigt.« *Südwestfunk, Baden-Baden*

»Das ist ein schlaues Buch, ein pfiffiges Buch. Wahrhaftig ein böses Buch, gescheit, anschaulich und spannender als so mancher Krimi, der den Leser das Fürchten lehren will.« *Neue Zürcher Zeitung*

»Ein Roman, der durch die Schilderung trivialer Lebensumstände in der Kleinstadt fasziniert.«
Das neue Buch, Bonn

Die Frau des Croupiers

Prosa

Kalendergeschichten, Erinnerungsskizzen aus deutscher Vergangenheit, Begebenheiten aus dem Leben von Dichtern, Denkern und Verbrechern, Erzählungen, Kürzest-Essays, Anekdoten, Beobachtungen – Otto Jägersbergs vielgestaltige Prosa ist zugleich hinreißend einfach und lustvoll komplex. Und von einer Präzision, die sowohl poetisch als auch rasend komisch sein kann.

»Jägersberg fördert in seinen Texten Erkenntnisse an den Tag, die mit kurzen, genialen Wortstichen sprachlos machen. Dieser lustvollen und mitunter bissig scharfen Kurzprosa geben wir uns gerne hin. Und staunen ganz nebenbei über seinen nie versiegenden Esprit der Gedanken.«
Udo Barth / Badisches Tagblatt, Baden-Baden

»Wie Jägersberg schreibt? Nun, man kann seine Gedichtzeilen und Prosastücke wunderbar schlückchenweise genießen, ist dann aber unter Umständen schnell angeheitert.« *Frank Lorentz / Welt am Sonntag*

Liebe auf den ersten Blick

Prosa

»Wo ist das Glück? Immer da, wo du nicht bist.« In diesem verspielten Sammelsurium ist das Leseglück auf jeder Seite zu finden. Alltagsbeobachtungen, Anekdoten, kulinarische Erkundungen, Mini-Essays, Gedichte – geistreich, komisch und mit liebender Genauigkeit hält Otto Jägersberg fest, was ihm auf seinen Streifzügen begegnet.

»Ein vielgestaltiges, reichhaltiges, kaum auszulesendes Buch.« *Frank Schäfer / Zeit Online, Hamburg*

»So überraschend wie lesenswert.«
Matthias Kussmann / Deutschlandfunk

Patrick Süskind im Diogenes Verlag

Der Kontrabaß

Jeder Musiker wird Ihnen gern bestätigen, daß ein Orchester jederzeit auf den Dirigenten verzichten kann, aber nicht auf den Kontrabaß.
Normalerweise gehen Kontrabässe im Orchester unter, es gibt keine Soloparts, allenfalls ein Duett. Im Leben des Musikers ist der Kontrabaß Geliebte, Freund, Feind und Verhinderer des eigenbestimmten Weges. Patrick Süskind bietet das Porträt eines Normalbürgers als Künstler, und damit soziale Analyse, Slapstick und Milieukomik und einen fest gespannten Bogen, der monologisch und entschlossen den Schwingungen des menschlichen Zusammenspiel(en)s nachstreicht.

»Was noch kein Komponist komponiert hat, das schrieb jetzt ein Schriftsteller, nämlich ein abendfüllendes Werk für einen Kontrabaßspieler. Ein Gesamtkunstwerk, das in dieser Art zum Besten gehört, was man in letzter Zeit auf unseren Bühnen vorgesetzt bekam.« *Dieter Schnabel*

»Den Helden Patrick Süskinds gehört unser Herz. Denn sie verkörpern etwas, wonach wir uns im tiefen Innern sehnen: Freiheit, Fernsein von den Zwängen der Masse, von den gewöhnlichen Dingen, vom Lärm des üblichen Lebens.«
Friedrich Ani / Bayerischer Rundfunk, München

Das Parfum

Die Geschichte eines Mörders

»Ein erfreulicher Anachronismus im modischen literarischen Bla-Bla. Ein internationaler Dauerseller. Seit Erich Maria Remarques *Im Westen nichts Neues,* also

seit 1929, gelang keinem deutschsprachigen Autor mehr ein so durchschlagender Erfolg.«
Der Spiegel, Hamburg

»Das erste Werk eines europäischen Autors – nach Ecos *Name der Rose* –, das das Interesse der amerikanischen Verleger derart geweckt hat, daß sie sich um die Rechte förmlich rissen.« *Corriere della Sera, Mailand*

»Kraftvoll und mitreißend. Seine Wirkung wird lange anhalten.« *Time Magazine, New York*

»Eine der aufregendsten Entdeckungen der letzten Jahre. Fesselnd. Ein Meisterwerk.«
San Francisco Chronicle

»Anders als alles bisher Gelesene. Ein Phänomen, das einzigartig in der zeitgenössischen Literatur bleiben wird.« *Le Figaro, Paris*

2006 von Tom Tykwer mit Ben Whishaw, Dustin Hoffman, Alan Rickman und Rachel Hurd-Wood in den Hauptrollen verfilmt.

Auch als Diogenes Hörbuch erschienen,
gelesen von Hans Korte

Die Taube

In fünf Monaten wird der Wachmann einer Pariser Bank das Eigentum an seiner kleinen Mansarde endgültig erworben haben, wird ein weiterer Markstein seines Lebensplanes gesetzt sein. Doch dieser fatalistische Ablauf wird an einem heißen Freitagmorgen im August 1984 jäh vom Erscheinen einer Taube in Frage gestellt.

»Ein rares Meisterstück zeitgenössischer Prosa, eine dicht gesponnene, psychologisch raffiniert umgesetzte Erzählung, die an die frühen Stücke von Patricia Highsmith erinnert, in ihrer Kunstfertigkeit aber an die

Novellistik großer europäischer Erzähltradition anknüpft.« *Rheinischer Merkur, Bonn*

»Nicht nur riecht, schmeckt man, sieht und hört man, was Süskind beschreibt; er ist ein Künstler, auch wenn es darum geht, verschwundenes, verarmtes Leben in großer innerer Dramatik darzustellen. Eine Meistererzählung.« *Tages-Anzeiger, Zürich*

Auch als Diogenes Hörbuch erschienen,
gelesen von Hans Korte

Die Geschichte von Herrn Sommer

Mit zahlreichen Bildern
von Sempé

Herr Sommer läuft stumm, im Tempo eines Gehetzten, mit seinem leeren Rucksack und dem langen, merkwürdigen Spazierstock von Dorf zu Dorf, geistert durch die Landschaft und durch die Tag- und Alpträume eines kleinen Jungen …
Erst als der kleine Junge schon nicht mehr auf Bäume klettert, entschwindet der geheimnisvolle Herr Sommer.

»Patrick Süskind erzählt mit einer selbstverständlichen Leichtigkeit, die dennoch nichts vom Schmerz der frühen Jahre unterschlägt. Er trifft genau den richtigen Erinnerungston zwischen Komik und Sehnsucht.« *Frankfurter Allgemeine Zeitung*

Auch als Diogenes Hörbuch erschienen,
gelesen von Hans Korte

Drei Geschichten

und eine Betrachtung

»Patrick Süskinds sprachlich-rhythmische Eleganz verleiht seinen Erzählungen eine Leichtigkeit, die – ohne je leichtgewichtig zu werden – dem Schweren das Bedrückende und dem Nebensächlichen das Be-

langlose nimmt. So witzig, anrührend und doch kunstvoll distanziert wird da erzählt.«
Konrad Heidkamp / Die Zeit, Hamburg

Die Geschichte *Das Vermächtnis des Maître Mussard* ist auch als Diogenes Hörbuch erschienen, gelesen von Hans Korte

Über Liebe und Tod

Die Liebe und ihr ewiger Gegenspieler, der Tod, sind das Thema von Patrick Süskinds provokantem Essay. Mit Beispielen aus Philosophie und Literatur (von Platon über Kleist bis Thomas Mann) wie aus dem modernen Leben führt er uns die Liebe als Himmels- und Höllenmacht vor. Und er vergleicht die Schicksale von Jesus und Orpheus, die beide den Tod durch die Liebe zu überwinden versuchten.

»Die Geschichte des Orpheus berührt uns bis auf den heutigen Tag, weil sie eine Geschichte des Scheiterns ist. Der wunderbare Versuch, die beiden rätselhaften Urgewalten der menschlichen Existenz, die Liebe und den Tod, miteinander zu versöhnen und die wildere der beiden wenigstens zu einem kleinen Kompromiß zu bewegen, geht am Ende daneben.« *Patrick Süskind*

Ein Kampf

Illustriert von Jean-Jacques Sempé
(Diese Geschichte ist außerdem im Band *Drei Geschichten* enthalten)

Zwei Männer spielen Schach im Pariser Jardin du Luxembourg. Der eine ist ein genialischer Emporkömmling, der andere ein alter Champion, der in seinen Denkmustern gefangen ist. Wem schenkt das Publikum seine Gunst? Wessen König fällt zuerst?

»Hat man einmal zu lesen angefangen, will man gar nicht mehr aufhören vor lauter unerhörten Begebenheiten.« *Heinrich Detering / FAZ*